吉 檀 迦 利

給 神 的 禮 物

GITANJALI

Rabindranath Tagore

羅賓德拉納特 · 泰戈爾

聞中 —— 譯

Contents

序

一九一三年的諾貝爾文學獎頒獎詞

　　本學院決定，把今年的諾貝爾文學獎頒發給英屬印度的詩人羅賓德拉納特・泰戈爾。我們認為，給這樣一位作家如此的確認，是一件令人愉快的工作，因為接受這份榮譽的作家，他在最近幾年所寫下的「具有理想主義傾向」的精美詩篇，完全符合阿爾弗雷德・諾貝爾所立遺囑的要求。而且，本院尋思良久，經過詳盡嚴格的審核環節之後，認為這些詩歌最接近諾貝爾文學獎所規定的標準。所以本學院認為，沒有理由因為這位詩人在歐洲的知名度不高而猶疑不決，那只是因為他的家鄉遠離歐洲的緣故。若是考慮到本獎項的設立者在其遺囑中有這麼一段話：「就頒發該獎而言，不需要顧慮任何一位提名候選人的國籍所屬，這是本人明確的意見。」那麼，那種猶疑就顯得更沒有必要了。

　　泰戈爾的《吉檀迦利》是一部宗教性質的頌詩，他的這部作品特別引起了評審委員們的關注。自去年開始，這部詩集裡面的作品，已經確確實實地歸屬到

歐洲世界中的英語文學裡面。雖然，就作者本人的教養與創作實踐而論，他確實是一位使用印度語的詩人，但他為自己的這些詩歌披上了一件新裝，而這新裝在其形式與個人靈感的獨創性方面，堪稱完美。所以使得英國、美國，乃至整個西方的文明世界裡，那些對高雅的文學還抱有興趣，並予以重視的人士能夠接受與理解他的這些詩作。現在，各方面的讚譽紛湧而至，它們無關乎孟加拉詩歌的知識，無關乎宗教的信仰與文學的派別，與任何政黨的目的亦是無涉，只是將他作為詩歌藝術裡一位嶄新的、令人崇敬的宗師級的人物來讚賞。而這種詩歌藝術，自伊莉莎白女王時代開始，就一直伴隨著英國文明的海外傳播而流行開來，遠未退潮。

他的這些詩歌甫一問世，立即受到了人們熱情的傾慕。這些詩歌的特點如下：第一是其**形式的完美**，詩人所借用的形式，已經與詩人本身的思想完美統一，彼此鎔鑄於詩中，並成就為一個和諧的整體；第二是其**文體的均衡**，即文本的風格與字韻的平衡感極佳，若是引用一位英國評論家的意見來表達，那就是「把詩的陰柔情調與散文的陽剛力量融成了一體」；第三是其**措辭的嚴謹**，或者說典雅，在遣詞用句與借

用另一種語言來作為表達工具時，它們體現出了極高的審美境界。簡言之，這些特徵在原作中雖是固有的，然而現在以另外一種語言重新進行表達時，依然能夠神足氣圓、形神兼備，實屬不易。

上述評價，同樣適用於詩人的第二部詩集《園丁集》。只是在這部作品中——正如作者本人所言，與其說他是在轉譯自己早期的作品與靈感，倒不如說是重寫一遍。從中我們看到了他人格的另一面側寫：那種青春的情愛，使愉悅和痛苦這兩種經驗交織其中，又沉溺於人世的浮沉、生命的榮枯，終被隨之而來的那種焦灼與喜悅之情深深俘虜。但無論如何，我們依然可以望見，詩歌當中有一個更崇高的世界，在其中隱約發光。

泰戈爾的散文故事集的英文譯本亦已問世，其書名叫作《孟加拉生活的一瞥》，雖然這些故事就其形式來看，因其出自另外一類的手筆，已不能說乘載作者本人的多少特殊風格，但是其內容足以證明詩人的多才多藝、他的觀察之深廣、他的內心對各式人物的命運與遭遇的廣大同情、以及在營造情節方面的卓越天分。

此後，泰戈爾又出版了兩部作品：一部是詩集，

描寫了詩情盎然的孩童與其家庭的生活，並以象徵的含義取名為《新月集》；而另一部則是演講彙整，收集了他在英美各個大學的一些演講詞，並取名為《人生的親證》。這些演講體現了他對人生道路的一些洞見，其內容是：人們循著何種親證的路徑才可獲得一種信仰，並在此種信仰之光的指引下，一個人的人生才不至於空虛度過。正是詩人對信仰與思想的真正關係的探索，才使得他脫穎而出，成為詩人當中天賦出眾的一位，其卓越之處是思想極為深邃，但更重要的是他溫柔的情感，並因善於譬喻，造成了富有強烈感染力的語風。確實，在虛構的文學領域，很少有人在音調與色彩上能夠如此變化多端，並出之以同等的優雅與和諧，來表達種種不同的心境：從靈魂對永生的盼望開始，一直到天真無邪的孩童於遊戲時所激起的那種愉悅等，無不如是。

　　至於我們說到對泰戈爾詩歌的理解問題，此毋庸顧慮，因為在它的作品裡面，不是陌生的天方夜譚，而是真正普遍的人性，對此，後世或許會比我們領會得更多。但是不管怎麼說，有一點我們卻是深知的，那就是，我們的這位詩人其創作動機之一，是在努力調和人類文明的兩極，這種文明的隔閡正是當今世界

的顯著特徵，因此，它也構成了我們需要直面的重要
任務與待解決的問題。

　　就這一現象而論，我們在基督教傳教運動於全球
範圍內的不懈努力中，就可以將它內在的確切性看得
更加明白。在未來時代，歷史的探索者們將會比我們
更加清楚地知道如何評價它的重要性和影響力，看清
那些眼下尚處於模糊與隱蔽的事物，承認那些我們現
在未能承認或不敢承認的東西。毫無疑問，在很多方
面，他們會比我們目前對它所做的評價更高。故此，
我們應該感激這一運動，由於這個運動，新鮮活水的
源頭，其汩汩清泉正在破土而出，而詩歌，尤能從中
汲取靈感，儘管這些泉水可能會與異邦溪流匯合並相
雜，但是，人們若想追溯這些溪流的正確源頭，也許
還得歸功於這樣一個深不可測的夢幻世界。尤為特殊
的是，異域文明的傳播在很多地方，成就了本土語言
的復甦與重生的第一個明確的推動力，其結果反而使
得本土語言，從人為的傳統束縛中解救出來，從而有
能力孕育和維持活生生的、詩的自然命脈。

　　基督教文明的進入，對於印度活力的復甦，起到
了相當大的作用。隨著印度傳統文化的復興，許多方
言也開始運用於文學之中，並逐漸鞏固下來，佔有了

一席之地。然而，當這種新的傳統逐漸確立之後，因為頻繁使用，又會再度導致本土語言的僵化。但是，異域文明的影響力，其實遠遠超過了人們已經記錄在案的傳播工作。十九世紀，在充滿活力的方言與印度自古以來的神聖語言爭奪新文學潮流的控制權的鬥爭當中，前者若是沒有得到異域文化的幫助，那麼其過程與結果顯然會大大不同。

　　而孟加拉則是英屬印度最早的一個省分，很多年前，文明的先驅凱里就曾在此地工作過，他在促進文明與文化交流的同時，也改善了當地的方言。一八六一年，羅賓德拉納特‧泰戈爾就誕生在這裡。泰戈爾是一個受人尊敬的家族的後裔，這個家族已在許多領域證明了它所秉有的傑出智力。可見，在幼年與青年時期，泰戈爾並不是生長在一個未開化的環境當中，且這個環境沒有刻意干涉他個人世界觀與生命觀的形成。相反，在他們的家中，不僅洋溢著高雅的藝術熱情，而且對古聖先賢的智慧與探究精神深為敬重，他們遺留下來的經文也常常在家族的禮拜當中使用。在泰戈爾生活的時代，周圍還孕育著一種嶄新的文學精神，使文學面向普羅大眾，靠近人們生活的基本所需。尤其經過波瀾壯闊又極度混亂的民族起義之後，

政府實施了果斷的改革，這種新的精神更是獲得了力量。

羅賓德拉納特的父親是一位宗教社團最熱心的領袖之一，而羅賓德拉納特本人至今仍是這個社團的成員。這個社團名叫「梵社」，它與印度自古以來的宗教流派不同，其宗旨並不是在宣導某個特殊的神靈，以作為超乎眾神之上的至高者，並對此頂禮膜拜。它奠基於十九世紀的初期，創始人是一位開明而且頗具影響力的人物。自其創立之初，他和他的繼承者們就對真理的解釋問題頗有爭議，所以最終也使梵社分化為一些獨立的支派。另一方面，由於這個團體主要吸收受過高層次教育的知識界人士，因此自創立之初，大量追隨這一信仰的普通民眾便被拒之門外。儘管如此，這個社團的間接影響還是相當巨大的，甚至在公共教育與大眾文學方面都起到了非常大的作用。近些年來，為了幫助這個團體成員迅速成長，羅賓德拉納特·泰戈爾做了大量令人矚目的工作。對於這些成員來說，他是一位可敬的導師與先知。這種導師與門徒之間的親密互動，也使泰戈爾在自己的宗教生活與文學訓練方面，得到了一種深沉、虔敬和純粹的表現。

為了實現自己的人生使命，泰戈爾曾展開刻苦的

學習，吸收各種知識，打造全面的教養，無論是印度的，還是歐洲的。而且，他還到海外遊歷，身赴倫敦深造，其學識得到擴充，思想益發成熟。在青年時代，他就遊遍印度，甚至還曾陪伴父親，抵達遙遠的喜馬拉雅山的山區。當他開始用孟加拉語創作的時候，還相當年少，他寫散文、詩歌，也進行戲劇的創作。除了描寫自己國家的大眾生活外，他還在不同的著作中對文學批評、宗教哲學與種種社會的問題進行過探索。

許多年前，他曾有一個時期中斷自己忙碌的世俗活動，坐船漂浮在神聖的恆河支流的水面上，因為依照其民族的悠久傳統，他覺得自己也有必要過一段純粹隱居的歲月，進行深度的冥想。當他重返世俗的生活之後，聲譽日益鵲起，在本國人民的心目中，他已成了一位充滿智慧而又虔誠純潔的聖者。他在西孟加拉地區建立了一所露天學校，他們在芒果樹下授課，許多青年學子拜入他的門下，以其為精神導師，並將他的教誨傳遍全國。最近，他又在英國與美國的文學界做了一年多的尊客，又於今年（一九一三年）夏季參加了在巴黎舉行的「宗教歷史大會」。此後，他又回去過他的隱退生活了。

　　不論在哪裡，泰戈爾總是善於打開人們的心靈，讓他們接受他高深的教誨。在那些受教育者的眼裡，他就是智慧的傳播者，他善用通俗易懂的語言將這種資訊傳遞出去，這種智慧原本只是長期存在於人們想像當中的東方寶庫裡面。而泰戈爾自己卻謙遜地認為，自己只是一個仲介，有幸生來即可自由地出入該寶庫。在人們面前，他從來不以什麼天才或新思想的發明者自居。

　　在西方世界，存在著一種對工作的狂熱崇拜，這是高牆壁立、相互隔絕的城市生活的產物，於是，隨之也就滋長了一種不安、滋長了競爭的氛圍。西方人好言對自然的征服云云，因為他們熱衷於從自然中贏取利益，誠如泰戈爾所說：「彷彿我們生活在一個充滿敵意的世界裡面，我們所要的每一樣東西，都必須從一種不願意給我們的、完全異己的事物的安排中爭奪過來一樣。」（《人生的親證》第一章）與西方人所過的這種匆忙的、疲於奔命的生活相反，泰戈爾向我們展示的卻是另外一種完全不同的文化，這種文化在印度浩大的、平靜的、神聖的森林當中，達到了完美的境界。這種文化尋求的乃是靈魂的恬靜和安寧，它與大自然自身的生命是協調的。在泰戈爾向我們展

示的這幅詩意而非歷史的畫卷當中，他確信這必是自然允諾給我們所有人的一種恬靜，人人皆是有望企及。憑著他先知的稟賦與權能，泰戈爾輕而易舉地為我們描繪出了他創造性的心靈所憬悟到的風景，而這種風景好像存在於創世之初的某個遠古歲月。

然而，他卻與我們當中的任何人一樣，遠遠躲開那些常在市場上被人們當作東方哲學兜售的東西，遠遠躲開靈魂輪迴的痛苦夢境，遠遠躲開非人格化的「羯磨法則」[1]，還有那些實際上極為抽象的泛神論信仰──這種信仰通常會被人們誤認為是印度高等文明的典型特徵。而泰戈爾對這些信仰卻一律敬謝不敏，他不認為它們可以自往昔聖者那些精粹的話語當中找到確切的根據。泰戈爾曾仔細研讀過《吠陀經》、《奧義書》聖典，以及佛陀本人的教義，他從中領會到一條在他看來是無可辯駁的真理。當他從自然中尋找神性時，他便發現了那萬能的活生生的人格。祂

1　羯磨，是梵語 karma 的音譯，意譯是「業」。業力有其因果報應的法則，一個人生命中的自然與必然事件，由前世的作爲所決定。含有善惡、苦樂果報之意味，亦卽與因果關係相結合的一種持續作用力。對羯磨律的正確認識和運用使人類能夠通過明智的行動，成爲自己命運的主人。每個人都是因爲他過去的行動而成爲現在的自己。他也能夠通過自身的行動來按照其心靈的模式塑造自己，或者說，最終從生到死控制着他的羯磨中解放出來。

是自然之主，遍及一切，擁抱萬有，然而，其不可思
議的精神力量卻顯現在一切短促無常的生命之中，既
顯現於偉大之事物，也顯現於渺小之生命，但在人類
永恆的靈魂當中，祂體現得尤其完全。他將讚美、祈
禱、熱忱的充滿奉愛精神的頌歌，都獻給了這位無法
命名的神聖者的蓮花足下。他的這種神聖崇拜可以視
作一種美學意義上的有神論，與那些苦行禁慾、甚至
與道德哲學的正襟危坐皆是大異其趣。而這裡所描述
的那種虔敬，跟他的整個詩作是充分和諧的，這種虔
敬，使他的心靈獲得一種寧靜。他甚至宣稱，即使在
基督教的信仰內，那些疲憊不堪、憂心忡忡的靈魂也
會得到這種寧靜。

　　如果我們願意，不妨也把這種信仰的方式稱之為
「神祕主義」，但它不是那種把個人的世俗人格捨
棄，以求融入一個近乎虛無的整體的那種神祕主義。
我們這裡所說的泰戈爾式神祕主義，乃是一種將個體
靈魂所擁有的一切才能修煉到極致、使之熱情洋溢地
去迎接活生生的萬物之主。在泰戈爾之前的印度，人
們對這種更為積極奮發的神祕主義也並非全然陌生。
當然，在古代以禁慾與思辨著稱的哲學家那裡，這種
神祕主義的確罕見，卻廣泛地存在於「巴克蒂」

（一種以愛為核心的虔敬）的崇拜形式裡。

　　儘管泰戈爾可能是從他本國的無數古聖先賢那部巨大的交響樂中有所借鑑，擷取其中的音符，但是，他又是踏在他自己這個時代最堅實的地面上，沿著時而平靜、時而喧囂的道路，使大地上的人類靠得更近。他致力於東西方文明的連結，建構起共同的責任，讓彼此互相傳遞問候，使美好的祈願越過陸地與海洋。就這樣，泰戈爾用自己的詩歌為我們描繪了這樣一幅激動人心的畫卷，它向我們展示了一切短暫的事物，究竟是如何被融入了那種永恆的：

　　主啊，你手掌中的光陰是沒有窮盡的，你的分分秒秒，凡人又如何能夠測度。

　　晝夜交替，寒來暑往，時代的來往如同花開花落。唯有你最是知道等待的深義。

　　為一朵小小的野花，你願意支付無數的世紀，一個接著一個，接連不斷，直至這野花趨於它的圓滿。

而我們，卻沒有足夠的光陰可以隨便錯過。因為
我們沒有時間，所以我們必須操勞奔忙；因為我
們一貧如洗，所以我們不能坐失良機。

於是，當我把時間供給了每一位向我索取它的性
急的朋友時，我自己的光陰也就消亡了。所以，
直至最後的時刻，我都沒有為你的祭壇，供奉一
點像樣的祭品。

日子將盡，我匆匆趕來，心中擔憂著你已經關閉
了大門；但臨末之際，我卻發現，時間仍有餘
裕。

—— 第八十二號詩歌

一九一三年十二月十日
瑞典皇家學院諾貝爾獎委員會主席
哈拉德‧雅恩

這脆薄的杯盞，

你一次次地清空，

又一次次地斟以新鮮的生命。

1

Thou hast made me endless, such is thy pleasure. This frail vessel thou emptiest again and again, and fillest it ever with fresh life.

This little flute of a reed thou hast carried over hills and dales, and hast breathed through it melodies eternally new.

At the immortal touch of thy hands my little heart loses its limits in joy and gives birth to utterance ineffable.

Thy infinite gifts come to me only on these very small hands of mine. Ages pass, and still thou pourest, and still there is room to fill.

· · · · · · · · · · · · · · · · · · · ·

❀

你已使我的生命無有窮盡，這樣做是你的歡樂，我的主人。這脆薄的杯盞，你一次次地清空，又一次次地斟以新鮮的生命。

這小小的笛管，你帶著它翻過高山，穿過河谷，讓它奏出永恆的旋律。

我那渺小的心，在你不朽的輕撫之下，消解於無量的歡樂之中，產生不可言喻的詞句。

你無窮的禮物，只注入我這卑微的手掌；多少時代過去了，我還在接受你慷慨的饋贈，無有止境。

· · · · · · · · · · · · · · · · · · · ·

2

When thou commandest me to sing it seems that my heart would break with pride; and I look to thy face, and tears come to my eyes.

All that is harsh and dissonant in my life melts into one sweet harmony—and my adoration spreads wings like a glad bird on its flight across the sea.

I know thou takest pleasure in my singing. I know that only as a singer I come before thy presence.

I touch by the edge of the far spreading wing of my song thy feet which I could never aspire to reach.

Drunk with the joy of singing I forget myself and call thee friend who art my lord.

· · · · · · · · · · · · · · · · ·

❀

當你命令我歌唱的時候，我的心驕傲得近乎迸裂開來，凝望著你的臉，淚水充盈了我的雙眼。

我生命中所有的粗糙與不協調，全都融入了這和諧的生命樂章。我對你的崇拜，就像一隻歡快的鳥兒，振翅飛過大海。

我知道你喜歡我的歌唱；我知道，我也只有作為生命的歌者，才能靠近你。

我伸展我詩歌的翅尖，輕輕觸及你的蓮花雙足，這原是我從不敢奢望之事。

我陶醉於這歌唱的喜悅，忘了自己。你是我的主人，我卻稱你為我的朋友。

· · · · · · · · · · · · · · · · ·

3

I know not how thou singest, my master! I ever listen in silent amazement.

The light of thy music illumines the world. The life breath of thy music runs from sky to sky. The holy stream of thy music breaks through all stony obstacles and rushes on.

My heart longs to join in thy song, but vainly struggles for a voice. I would speak, but speech breaks not into song, and I cry out baffled. Ah, thou hast made my heart captive in the endless meshes of thy music, my master!

· ·

❀

我的主人，我雖然不知道你是怎樣開口歌唱的，我卻
總是於沉靜的驚奇中聆聽。

你那音樂的光輝照亮了整個世界，你那音樂的氣息貫
徹諸天。你那音樂的聖流，摧毀了一切阻擋的岩石，
一直奔湧向前。

我的心曾渴望與你一起合唱，心力費盡，卻終究徒
勞，我發不出一丁點兒的聲音。我想說話，可言語又
無法形成歌曲，我啞口無聲。呵，我的心啊，它已被
你無窮無盡的音樂之網徹底俘虜了，我的主人！

· ·

4

Life of my life, I shall ever try to keep my body pure, knowing that thy living touch is upon all my limbs.

I shall ever try to keep all untruths out from my thoughts, knowing that thou art that truth which has kindled the light of reason in my mind.

I shall ever try to drive all evils away from my heart and keep my love in flower, knowing that thou hast thy seat in the inmost shrine of my heart.

And it shall be my endeavour to reveal thee in my actions, knowing it is thy power gives me strength to act.

我一生的生命，我要永遠保持這軀體的純潔，因為我知道，你鮮活的撫摸，已經留存在我的身上。

我要驅除我思想中的一切偽飾，因為我知道，你就是真理。是你的真實存在，於我心中燃起了那智性之火。

我要清潔我的心，摒棄所有的罪惡，讓奉愛的花在裡面盛開不敗。因為我知道，我內心的聖殿，已經安放了你的席位。

我要努力在自己的行動上體現你，因為是你的力量，給了我行動的勇氣。

5

I ask for a moment's indulgence to sit by thy side. The works that I have in hand I will finish afterwards.

Away from the sight of thy face my heart knows no rest nor respite, and my work becomes an endless toil in a shoreless sea of toil.

To-day the summer has come at my window with its sighs and murmurs; and the bees are plying their minstrelsy at the court of the flowering grove.

Now it is time to sit quiet, face to face with thee, and to sing dedication of life in this silent and overflowing leisure.

請允許我坐在你的身旁，放縱片刻。手上的工作，我過一會兒再去完成。

你不在我的眼前，我的心就無從自在，工作也就成了無邊生死海中永無止境的苦役。

今天，夏天來到了我的窗前，它輕噓微嘆；在花的叢林當中，有一座一座的宮殿，蜂群們正在盡情歡唱。

是該安安靜靜坐下來的時候了，讓我與你單獨面對面，在這無邊靜寂的閒暇裡，我要唱出這生命的獻歌。

6

Pluck this little flower and take it, delay not! I fear lest it droop and drop into the dust.

It may not find a place in thy garland, but honour it with a touch of pain from thy hand and pluck it. I fear lest the day end before I am aware, and the time of offering go by.

Though its colour be not deep and its smell be faint, use this flower in thy service and pluck it while there is time.

❀

請摘下這朵小小的花，然後把它帶走，不要遲疑！我擔心它會凋謝，最終落入了塵土。

也許，在你的花環上面，沒有它的席位；但也請採摘它，以你雙手的採摘，以你的觸碰所給出的痛楚，給它帶來榮耀。我擔心在我醒來之前，時光已逝，錯過了供奉的時辰。

儘管它顏色不深，香氣很淡，但請在時間還來得及的時候，採摘它吧，用它來完成對你的一次誠心的禮拜。

7

My song has put off her adornments. She has no pride of dress and decoration. Ornaments would mar our union; they would come between thee and me; their jingling would drown thy whispers.

My poet's vanity dies in shame before thy sight. O master poet, I have sat down at thy feet. Only let me make my life simple and straight, like a flute of reed for thee to fill with music.

· · · · · · · · · · · · · · · ● ● ●

❀

我的歌曲卸掉了她的妝飾，她不再有因衣飾而來的驕
慢。這種妝飾曾阻礙了你我的結合；它們橫亙於你我
之間；它們叮噹作響，淹沒了你祕密的細語。

在你的光輝之下，我詩人的虛榮亦於羞愧中消亡。
呵，詩歌之主，我已拜倒在你的腳下。請讓我的生命
簡樸、正直，如同一支小小的蘆笛，充滿了你的音
樂。

· · · · · · · · · · ● ● ● ● ● ● ●

8

The child who is decked with prince's robes and who has jewelled chains round his neck loses all pleasure in his play; his dress hampers him at every step.

In fear that it may be frayed, or stained with dust he keeps himself from the world, and is afraid even to move.

Mother, it is no gain, thy bondage of finery, if it keep one shut off from the healthful dust of the earth, if it rob one of the right of entrance to the great fair of common human life.

那個身穿王子衣袍，頸戴鑽石項鍊的小孩，他失去了
遊戲中的一切快樂，他的衣飾絆住了他的每一個腳
步。

生怕弄破或汙損了他的衣服，最後他遠離了世界，不
敢挪動半步。

哦，母親，這確實毫無益處，如果這精美的裝束，它
只是將人與健康的土壤隔開，只是把人們進入日常生
活中盛大集會的權利也一併剝奪，那穿之何用！

9

O fool, to try to carry thyself upon thy own shoulders! O beggar, to come to beg at thy own door!

Leave all thy burdens on his hands who can bear all, and never look behind in regret.

Thy desire at once puts out the light from the lamp it touches with its breath. It is unholy—take not thy gifts through its unclean hands. Accept only what is offered by sacred love.

✾

哦，愚者，你竟然試圖把自己扛在肩上嗎！哦，行乞
的人，你竟然來到了你自家的門口行乞！

把你手中的重擔，交給那位能承擔這一切的主，永遠
不需後悔，也無須時時回首。

你慾望的氣息，會把它接觸到的燈火吹滅。因它是不
潔淨的 —— 請不要從不潔的手中收取禮物，只接受因
神聖的愛而來的那份贈品吧。

扔掉這些唱誦、禮讚與念珠吧!

在門窗緊閉、昏暗荒僻的殿堂一隅,

從冥想當中走出來,請拋開供奉的鮮花與聖火!

10

Here is thy footstool and there rest thy feet where live the poorest, and lowliest, and lost.

When I try to bow to thee, my obeisance cannot reach down to the depth where thy feet rest among the poorest, and lowliest, and lost.

Pride can never approach to where thou walkest in the clothes of the humble among the poorest, and lowliest, and lost.

My heart can never find its way to where thou keepest company with the companionless among the poorest, the lowliest, and the lost.

. . . . ● ● ● ●

❀

這是你的腳凳，你在最貧窮、低賤、無家可歸的人群
中歇足。

當我向你鞠躬時，我的敬禮抵達不了你歇足的深處，
那最貧窮、低賤、無家可歸的人群中。

你穿著卑陋衣服，在最貧窮、低賤、無家可歸的人群
中行走。驕傲永遠無法靠近那個地方。

在最貧窮、低賤、無家可歸的人群中，你與那些無伴
者們一路結伴、與無助者們一起攜手。我的心找不到
通往那個地方的道路。

. . . . ● ● ● ●

11

Leave this chanting and singing and telling of beads! Whom dost thou worship in this lonely dark corner of a temple with doors all shut? Open thine eyes and see thy God is not before thee!

He is there where the tiller is tilling the hard ground and where the path-maker is breaking stones. He is with them in sun and in shower, and his garment is covered with dust. Put off thy holy mantle and even like him come down on the dusty soil!

Deliverance? Where is this deliverance to be found? Our master himself has joyfully taken upon him the bonds of creation; he is bound with us all for ever.

Come out of thy meditations and leave aside thy flowers and incense! What harm is there if thy clothes become tattered and stained? Meet him and stand by him in toil and in sweat of thy brow.

扔掉這些唱誦、禮讚與念珠吧！在門窗緊閉、昏暗荒僻的殿堂一隅，你究竟在向誰禮拜？睜開眼看吧，上帝並不在你的面前！

他在鋤地耘草的農夫那裡，在碎石築路的工人那裡。他和他們同在太陽下、陰雨裡，他的衣裳上落滿了塵土。脫下你那神聖的袍子吧，甚至也像他那樣，一起下到泥地裡去！

解脫嗎？從哪裡找到解脫呢？我們的主人，他躬親示範，怡然自得，用創造的紐帶把一切統合了起來。他與我們永是同在。

從冥想當中走出來，請拋開供奉的鮮花與聖火！衣服破損了又有何妨？去與他相會，和他並肩勞作，一同流汗。

12

The time that my journey takes is long and the way of it long,

I came out on the chariot of the first gleam of light, and pursued my voyage through the wildernesses of worlds leaving my track on many a star and planet.

It is the most distant course that comes nearest to thyself, and that training is the most intricate which leads to the utter simplicity of a tune.

The traveller has to knock at every alien door to come to his own, and one has to wander through all the outer worlds to reach the innermost shrine at the end.

· ●

❀

我旅行的時間很長，旅途也十分遙遠。

天剛破曉，我便驅車前行，穿過廣袤無垠的世界，在
無數個星球，留下了我的痕跡。

離你最近的地方，路途最遠；最簡單的曲調，需要最
複雜的練習。

世界的旅者，唯有叩遍每一個陌生人的門，才會找到
他自己的家；人也只有在外面四處漂泊，踏遍天涯，
最後，才能抵達內心最深處的殿堂。

· · · · · · · · · · · · · · · · · · · ●

吉檀迦利

My eyes strayed far and wide before I shut them and said "Here art thou!"

The question and the cry "Oh, where?" melt into tears of a thousand streams and deluge the world with the flood of the assurance "I am!"

· · · · · · · · · · · · · · ·

我的眼睛向無窮的開闊處張望，最後閉上了雙眼，
說：「哦，原來你在這裡！」

「呵，你在哪兒呢？」這句問話和呼喚，融入了萬千
的淚流，與你確定的回答「 我在這裡！」這種彼此應
答的宇宙洪流中，無邊無際地蔓延開來。

· · · · · · · · · · · · · · ·

13

The song that I came to sing remains unsung to this day.

I have spent my days in stringing and in unstringing my instrument.

The time has not come true, the words have not been rightly set; only there is the agony of wishing in my heart.

The blossom has not opened; only the wind is sighing by.

I have not seen his face, nor have I listened to his voice; only I have heard his gentle footsteps from the road before my house.

The livelong day has passed in spreading his seat on the floor; but the lamp has not been lit and I cannot ask him into my house.

I live in the hope of meeting with him; but this meeting is not yet.

❀

我要唱的歌，直到今天還沒有唱出來。

我每天都給我的樂器調理琴弦。

時間尚未到來，歌詞也不曾填妥；只有希冀的痛楚隱忍在我心頭。

花兒還未全然綻放，只有風，從身邊嘆息而過。

我未曾見過他的臉，也不熟悉他的聲音；我只是聆聽他輕悄的腳步聲，曾經從我房前的小路上走過。

我用了悠長的一天，專門為他鋪設地板上的座位；但是燈火未曾點亮，我還不能請他進來。

我生活在與他相會的希冀當中，但是，這相會的日子還未到來。

14

My desires are many and my cry is pitiful, but ever didst thou save me by hard refusals; and this strong mercy has been wrought into my life through and through.

Day by day thou art making me worthy of the simple, great gifts that thou gavest to me unasked—this sky and the light, this body and the life and the mind—saving me from perils of overmuch desire.

There are times when I languidly linger and times when I awaken and hurry in search of my goal; but cruelly thou hidest thyself from before me.

Day by day thou art making me worthy of thy full acceptance by refusing me ever and anon, saving me from perils of weak, uncertain desire.

· · · · · · · · · · · · · · · · ·

❀

我的慾望頗多，我的哭聲淒慘，但你總是用嚴厲的拒
絕來拯救我，這剛強的慈悲，已徹底融入了我的生
命。

日復一日，你使我更加配得上你主動賜與的樸素而偉
大的贈禮──這天空、這光明、這軀體、這生命與心
靈──藉此種種，你把我從眾多危險的慾望當中拯救
出來。

有時，我懶散而懈怠，有時我又因覺醒而匆匆探尋道
路的方向。可是，你卻忍心躲藏起來。

日復一日，你通過不斷地拒絕，使我有朝一日配得上
被你全然地接受，就這樣，日復一日，你把我從變幻
莫測的慾望當中，慢慢拯救出來。

· · · · · · · · · · · · · · · · · ·

15

I am here to sing thee songs. In this hall of thine I have a corner seat.

In thy world I have no work to do; my useless life can only break out in tunes without a purpose.

When the hour strikes for thy silent worship at dark temple of midnight, command me, my master, to stand before thee to sing.

When in the morning air the golden harp is tuned, honour me, commanding my presence.

讓我來為你歌唱吧。在你的大廳,我坐在屋子的一隅。

你浩大的世界裡,沒有必要之事有待我來完成,我無用的生命只能漫無目的地歌唱。

在幽暗的廟宇,午夜默禱的鐘聲被敲響時,我的主啊,請命令我,讓我站到你的面前歌唱吧。

清晨,當黃金所製的豎琴已經調律好,請賜給我榮耀,命令我來到你的面前吧。

16

I have had my invitation to this world's festival, and thus my life has been blessed. My eyes have seen and my ears have heard.

It was my part at this feast to play upon my instrument, and I have done all I could.

Now, I ask, has the time come at last when I may go in and see thy face and offer thee my silent salutation?

. . . .

❀

我接到了這盛世慶典的請帖,我的生命因此受到了祝
福。我的眼睛看見了,我的耳朵也聽見了。

在這場宴會裡,我的任務是奏樂,而我已竭盡全力。

現在,我只想知道,那最後的時刻終於到來了嗎?讓
我上前得以瞻仰你的容顏,並獻上我默默的禮拜;這
最後的時刻終於到來了嗎?

. . . .

17

I am only waiting for love to give myself up at last into his hands. That is why it is so late and why I have been guilty of such omissions.

They come with their laws and their codes to bind me fast; but I evade them ever, for I am only waiting for love to give myself up at last into his hands.

People blame me and call me heedless; I doubt not they are right in their blame.

The market day is over and work is all done for the busy. Those who came to call me in vain have gone back in anger. I am only waiting for love to give myself up at last into his hands.

· · · · · · · · · · · · · · · ·

❀

我在等待，等待著愛，最終好把自己交到他的手裡。
這便是我姍姍來遲的原因，也是我負疚的緣由。

人們帶來了種種清規戒律，想要把我緊緊捆綁。但我
總是避開他們，因為我在等待，等待著愛，最終好把
自己交到他的手裡。

人們指責我，說我不理會他們；當然，他們的指責不
無道理。

市集已散，繁忙的工作也已結束。叫我不應的人都悻
悻然離去了。我在等待，等待著愛，最終，好把自己
交到他的手裡。

· · · · · · · · · · · · · · · ·

吉檀迦利

18

Clouds heap upon clouds and it darkens. Ah, love, why dost thou let me wait outside at the door all alone?

In the busy moments of the noontide work I am with the crowd, but on this dark lonely day it is only for thee that I hope.

If thou showest me not thy face, if thou leavest me wholly aside, I know not how I am to pass these long, rainy hours.

I keep gazing on the far away gloom of the sky, and my heart wanders wailing with the restless wind.

雲霾堆積，夜色深沉。哦，我的愛，你為什麼忍心讓我獨自一人守候在屋外？

正午工作繁忙的時候，我和世界的人群在一起，但在這孤寂幽暗的時刻，我卻只是盼望著你。

若是你不容與我見面，若是你完全把我拋開，我真不知將如何度過這漫長的雨夜。

我不斷地遙望天邊無際的陰霾，我的心在徬徨，與這動搖不安的風，一同嘆息、一同哭泣。

19

If thou speakest not I will fill my heart with thy silence and endure it. I will keep still and wait like the night with starry vigil and its head bent low with patience.

The morning will surely come, the darkness will vanish, and thy voice pour down in golden streams breaking through the sky.

Then thy words will take wing in songs from every one of my birds' nests, and thy melodies will break forth in flowers in all my forest groves.

若是你不說話，我就隱忍著，以你的沉默來填滿我的
心胸。我會靜靜站立，悄然等待，如同群星守護著黑
夜，默然無語，低首忍耐。

黎明必將到來，黑夜終將逝去，你的聲音也一定會劃
破夜空，如金色激流，傾瀉而下。

那時候，你的話語，將從我的每個鳥巢中舞翼高歌；
你的旋律，也將在我的叢林中盛開，繁花中綻放。

那時，我還不知道它離我竟是如此之近，

原本就歸屬於我。

如今這圓滿的甜潤，已經於我心靈的深處，

全然地盛放了。

20

On the day when the lotus bloomed, alas, my mind was straying, and I knew it not. My basket was empty and the flower remained unheeded.

Only now and again a sadness fell upon me, and I started up from my dream and felt a sweet trace of a strange fragrance in the south wind.

That vague sweetness made my heart ache with longing and it seemed to me that it was the eager breath of the summer seeking for its completion.

I knew not then that it was so near, that it was mine, and that this perfect sweetness had blossomed in the depth of my own heart.

蓮花開放的那一天，唉，我的心思迷亂，卻不知其中
的緣由。於是，我空著花籃，冷落了花兒。

憂傷不時地襲來，我從自己的睡夢中驚醒，察覺到了
南風中有一股甜美而奇異的芳香。

那淡淡的甜潤，令我盼望得心痛。對我而言，這彷彿
是夏天飢渴的呼吸，正在尋求著它最後的圓滿。

那時，我還不知道它離我竟是如此之近，原本就歸屬
於我。如今這圓滿的甜潤，已經於我心靈的深處全然
地盛放了。

21

I must launch out my boat. The languid hours pass by on the shore—Alas for me!

The spring has done its flowering and taken leave. And now with the burden of faded futile flowers I wait and linger.

The waves have become clamorous, and upon the bank in the shady lane the yellow leaves flutter and fall.

What emptiness do you gaze upon! Do you not feel a thrill passing through the air with the notes of the far away song floating from the other shore?

❀

我必須駛出我的舟船了。我在岸邊消磨了太多的時光。唉，何等不堪的我呀！

繁花盛開後，春天就要辭別，如今，只剩下它遍地凋謝的花瓣，我卻在岸邊躑躅不前。

潮聲開始喧鬧，岸邊的林蔭道上有黃葉飄起，後又落下。

你在注視著怎樣的虛空呀！莫非你沒有發覺空氣中有一種微微的顫動，它正應和著對岸飄來的遙遠歌聲，一同起伏、一同搖盪嗎？

22

In the deep shadows of the rainy July, with secret steps, thou walkest, silent as night, eluding all watchers.

To-day the morning has closed its eyes, heedless of the insistent calls of the loud east wind, and a thick veil has been drawn over the ever-wakeful blue sky.

The woodlands have hushed their songs, and doors are all shut at every house. Thou art the solitary wayfarer in this deserted street. Oh my only friend, my best beloved, the gates are open in my house—do not pass by like a dream.

✿

在七月雨季的陰鬱裡，你邁著祕密的步伐，沉默如同深黑的夜，躲過了一切的守望者。

黎明早已閉上了它的雙眼，毫不理會東風的不懈呼喚，終於，一張厚幕遮住了那永遠清醒的碧空。

林野裡，歌聲漸漸趨於沉寂，家家戶戶都閉上了大門。你是這淒清大街上孤單的旅人。呵，我唯一的朋友，我的摯愛，我的家門一直向你敞開著──請不要像夢幻般的從我的門前走過。

23

Art thou abroad on this stormy night on the journey of love, my friend? The sky groans like one in despair.

I have no sleep to-night. Ever and again I open my door and look out on the darkness, my friend!

I can see nothing before me. I wonder where lies thy path!

By what dim shore of the ink-black river, by what far edge of the frowning forest, through what mazy depth of gloom art thou threading thy course to come to me, my friend?

· ·

❀

在這暴風雨的夜晚，我的朋友，你還在外面進行著愛的孤旅嗎？整個夜空，就像絕望者在簌簌哀號。

我的朋友！這個夜晚我已無法成眠，我一次又一次地起來，一次又一次地開門，並向著夜空中張望。

我看不清眼前的一切，我也不知道你行走的究竟是一條怎樣的道路！

你是從墨黑的河岸那邊上來的嗎？你是從遠處陰鬱的樹林邊緣，再穿過幽暗迂曲的小道，磕磕絆絆地來到我的身邊的嗎？我的朋友。

· ·

24

If the day is done, if birds sing no more, if the wind has flagged tired, then draw the veil of darkness thick upon me, even as thou hast wrapt the earth with the coverlet of sleep and tenderly closed the petals of the drooping lotus at dusk.

From the traveller, whose sack of provisions is empty before the voyage is ended, whose garment is torn and dust-laden, whose strength is exhausted, remove shame and poverty, and renew his life like a flower under the cover of thy kindly night.

· · · · · · · · · · · · · · · · ●

❀

假如白晝已盡，鳥兒不再歌唱，風兒也吹倦了，那
麼，請用黑暗的厚幕把我一同蓋上，如同夜色昏沉當
中，你用睡眠的被子，裹住了大地，又溫柔地闔上了
蓮花的花瓣。

路途未完，儲糧已空，旅者的衣裳亦已破損，他的全
身積滿了累累風塵，人也精疲力竭。而你，我的主
人，是你驅散了他滿身的羞愧與困窘，在你仁慈的夜
幕之下，遠行者又將如鮮花一般，重新煥發了新的生
命。

25

In the night of weariness let me give myself up to sleep without struggle, resting my trust upon thee.

Let me not force my flagging spirit into a poor preparation for thy worship.

It is thou who drawest the veil of night upon the tired eyes of the day to renew its sight in a fresher gladness of awakening.

在這困倦的夜裡，讓我毫無抗拒地屈服於睡眠吧，把信賴交託給你。

我不願強迫自己，以萎靡的精神，來準備一個對你缺乏誠意的禮拜。

是你拉上了夜幕，闔上了白日的倦眼，使這眼眸於甦醒後的清新與喜悅當中，煥然一新，神采奕奕。

26

He came and sat by my side but I woke not. What a cursed sleep it was, O miserable me!

He came when the night was still; he had his harp in his hands, and my dreams became resonant with its melodies.

Alas, why are my nights all thus lost? Ah, why do I ever miss his sight whose breath touches my sleep?

· · · · · · · · · · · · · · · · · ●

❀

他走了過來，坐在了我的身旁。而我卻還在酣睡。多麼可詛咒的睡眠！哦，悲慘的我啊！

他在靜夜中到來，手中拿著豎琴。而我，卻只是以我的夢魂與他的音樂相應相和，共奏旋律。

唉，為什麼每一個夜晚都是這樣消逝的呢？他的氣息都已經觸及我的睡眠，而我卻總是見不著他的面容！

· · · · · · · · · · · · · · · · ●

27

Light, oh where is the light? Kindle it with the burning fire of desire!

There is the lamp but never a flicker of a flame,—is such thy fate, my heart! Ah, death were better by far for thee!

Misery knocks at thy door, and her message is that thy lord is wakeful, and he calls thee to thy love-tryst through the darkness of night.

The sky is overcast with clouds and the rain is ceaseless. I know not what this is that stirs in me,—I know not its meaning.

光明，那光明在哪裡呢？用燃燒的渴望之火把它點燃吧！

這兒有燈，但沒有一絲光明——這就是我的命運嗎？呵，我的心啊，你還不如死了較好！

悲哀在敲打著你的門，她帶來的口信，說你的主人一直醒著呢！他召喚你穿過茫茫黑夜，去奔赴一場情愛的約會。

烏雲漫天，雨不停歇，我不知道心裡面究竟是什麼事物在動搖不安——我不懂得它的真實意涵！

A moment's flash of lightning drags down a deeper gloom on my sight, and my heart gropes for the path to where the music of the night calls me.

Light, oh where is the light! Kindle it with the burning fire of desire! It thunders and the wind rushes screaming through the void. The night is black as a black stone. Let not the hours pass by in the dark. Kindle the lamp of love with thy life.

. . . .

在一道耀眼而短暫的電光中,我的眼前呈現出黑暗的
深淵。我的心摸索著前行,尋找那夜的音樂召喚我去
的地方。

光明,那閃亮的光明在哪裡呢?用燃燒的渴望之火把
它點燃吧!雷聲在響,狂暴的大風在虛空中呼嘯。
夜,像黑沉沉的岩石一般凝重。不要讓時光在黑暗的
夜色中徒然流逝,用你的生命,把愛的光明點亮起來
吧。

. . . .

28

Obstinate are the trammels, but my heart aches when I try to break them.

Freedom is all I want, but to hope for it I feel ashamed.

I am certain that priceless wealth is in thee, and that thou art my best friend, but I have not the heart to sweep away the tinsel that fills my room.

The shroud that covers me is a shroud of dust and death; I hate it, yet hug it in love.

My debts are large, my failures great, my shame secret and heavy; yet when I come to ask for my good, I quake in fear lest my prayer be granted.

這束縛是堅韌的，但若是真的撕裂了它，我又會一陣
一陣地心痛。

我一心想要的正是自由，卻又為這種渴望而深感害
羞。

我確信那無價的珍寶在你的手中，你又是我最好的朋
友，而我卻無心清除我滿屋的華麗俗物。

我披著塵土和死亡的舊衣，我厭惡它，一邊卻又用愛
情緊緊擁抱它。

我的債臺高築，我的過失巨大，我的恥辱祕密而又深
重。但是，當我向你祈求之時，我又惶恐不安，生怕
我的祈請，輕易就得到了你的允諾。

29

He whom I enclose with my name is weeping in this dungeon. I am ever busy building this wall all around; and as this wall goes up into the sky day by day I lose sight of my true being in its dark shadow.

I take pride in this great wall, and I plaster it with dust and sand lest a least hole should be left in this name; and for all the care I take I lose sight of my true being.

· · · · · · · · · · · · · · · · · · ·

❀

那個用我的名字，被囚禁起來的人，他正在深深的地
牢中啜泣。我每日都忙著在周圍築牆。當這高高的牆
垣一天天地聳入雲霄，在它巨大的黑影裡，我那真實
的生命也隨之消失不見了。

我為這道高牆自豪，我用沙子與塵土把它塗抹得嚴嚴
實實，唯恐在這名字上面，還留有一絲的縫隙，我真
的是煞費苦心，可是 ── 可是最後我卻丟失了我的真
實，把自己囚入其中。

· · · · · · · · · · · · · · · · · · ·

「囚徒，請告訴我，

那究竟又是誰，

鑄造了這條堅不可摧的鋼鐵鎖鍊？」

30

I came out alone on my way to my tryst. But who is this that follows me in the silent dark?

I move aside to avoid his presence but I escape him not.

He makes the dust rise from the earth with his swagger; he adds his loud voice to every word that I utter.

He is my own little self, my lord, he knows no shame; but I am ashamed to come to thy door in his company.

我要獨自去奔赴這場幽會。沉寂的暗夜裡，那跟著我的人是誰呢？

我走到一邊，試圖躲開他，結果卻沒有把他甩掉。

他還昂首闊步，揚起一地的塵土；我發出的每一個字句裡，都摻雜著他高聲的迴響。

呵，他就是我的小我啊，我的主人！他恬不知恥，一路尾隨，他陪我抵達了你的門口，我卻深感羞愧。

31

"Prisoner, tell me, who was it that bound you?"

"It was my master," said the prisoner. "I thought I could outdo everybody in the world in wealth and power, and I amassed in my own treasure-house the money due to my king. When sleep overcame me I lay upon the bed that was for my lord, and on waking up I found I was a prisoner in my own treasure-house."

"Prisoner, tell me who was it that wrought this unbreakable chain?"

"It was I," said the prisoner, "who forged this chain very carefully. I thought my invincible power would hold the world captive leaving me in a freedom undisturbed. Thus night and day I worked at the chain with huge fires and cruel hard strokes. When at last the work was done and the links were complete and unbreakable, I found that it held me in its grip."

❀

「囚徒，請告訴我，究竟是誰，把你這樣牢牢鎖
住？」

「是我自己，」囚徒答道，「我以為，在財富和權力
方面，我可以勝過世界上的任何人，我把我國王的錢
財，聚斂在了我自己的寶庫當中。當睡意深襲的時
候，我躺在了我主人的床上。一覺醒來，我發現自己
已經成了寶庫的囚徒。」

「囚徒，請告訴我，那究竟又是誰，鑄造了這條堅不
可摧的鋼鐵鎖鍊？」

「是我自己，」囚徒答道，「這條鎖鍊，是我自己精
心打造的。我以為，我無敵的權力會征服整個世界，
並賦予我無礙的自由。於是，我日以繼夜地工作著，
我用燃燒的烈火與冰冷的重鎚打造了它。當工作完成
時，鐵鍊牢固而完美，我卻發現，自己已經被它牢牢
鎖住了。」

32

By all means they try to hold me secure who love me in this world. But it is otherwise with thy love which is greater than theirs, and thou keepest me free.

Lest I forget them they never venture to leave me alone. But day passes by after day and thou art not seen.

If I call not thee in my prayers, if I keep not thee in my heart, thy love for me still waits for my love.

在這人世上，那些愛我的人，總是千方百計地想緊緊
抓牢我；但是你則全然不同，你的愛比他們的偉大。
因為你給出的那份愛情，讓我擁有回應的自由。

他們從來不敢放開我，唯恐我會把他們忘掉；但是你
則全然不同。雖然，日子一天天地過去，你卻從未露
過一次面。

即使我在祈禱時沒有呼喚你的名字，即使我的內心沒
有給你安排席位，你給出的那份情愛，卻仍在耐心地
等待著我愛的答覆。

33

When it was day they came into my house and said, "We shall only take the smallest room here."

They said, "We shall help you in the worship of your God and humbly aceept only our own share of his grace"; and then they took their seat in a corner and they sat quiet and meek.

But in the darkness of night I find they break into my sacred shrine, strong and turbulent, and snatch with unholy greed the offerings from God's altar.

白天的時候，他們走進了我的屋子，說道：「我們只是想借用這兒最小的一個空間。」

他們還說：「我們會幫助你一起崇拜你的上帝，而且，我們願意謙恭地只是領受我們所應得的那一份恩典。」隨後，他們就在我的屋角，安靜而溫順地坐了下來。

但是，到了夜晚，我發現他們強硬而粗暴，他們衝進了我的聖堂，貪婪放肆，拚命掠奪神壇上的祭品。

34

Let only that little be left of me whereby I may name thee my all.

Let only that little be left of my will whereby I may feel thee on every side, and come to thee in everything, and offer to thee my love every moment.

Let only that little be left of me whereby I may never hide thee.

Let only that little of my fetters be left whereby I am bound with thy will, and thy purpose is carried out in my life—and that is the fetter of thy love.

只要我一息尚存，我就以你為我生命的全部。

只要我矢志不移，我就能感覺你一直存在於我的周圍，我會向你請教任何事；無論何時何地，我都願意把自己的愛給你獻上。

只要我一息尚存，我就永遠不願把你隱藏。

只要我的生命與你的意志相應相和，只要我們之間尚有一鎖相繫，我就要以我全部的生命來執行你的旨意──這相繫的鎖，就是你的愛情。

35

Where the mind is without fear and the head is held high;

Where knowledge is free;

Where the world has not been broken up into fragments by narrow domestic walls;

Where words come out from the depth of truth;

Where tireless striving stretches its arms towards perfection;

Where the clear stream of reason has not lost its way into the dreary desert sand of dead habit;

Where the mind is led forward by thee into ever-widening thought and action—

Into that heaven of freedom, my Father, let my country awake.

在那裡，心無恐懼，面目高昂。

在那裡，知識是自由的。

在那裡，世界還沒有被狹隘的家國之牆分割得支離破碎。

在那裡，話語的基礎就是真理。

在那裡，不懈的努力，正向著生命的完美伸展它自己的手臂。

在那裡，知識的清泉沒有被僵化的荒漠與流沙所吞沒。

在那裡，心靈受著你的指引，思想與行動漸趨寬容，日臻完善——

終於步入那自由的天國，我的父啊，讓我的家國於睡夢中覺醒吧。

吉檀迦利

36

This is my prayer to thee, my lord—strike, strike at the root of penury in my heart.

Give me the strength lightly to bear my joys and sorrows.

Give me the strength to make my love fruitful in service.

Give me the strength never to disown the poor or bend my knees before insolent might.

Give me the strength to raise my mind high above daily trifles.

And give me the strength to surrender my strength to will thy with live.

我的主人，這是我向你的祈請 —— 請你根除、徹底根除我心中貧窮的根基。

請賜給我力量，讓我能夠輕易地承受無常塵世的種種悲喜禍福。

請賜給我力量，使我的愛情在人間的服侍中碩果累累。

請賜給我力量，使我永不鄙棄窮人，也不會對權貴卑躬屈膝。

請賜給我力量，使我的心永遠不因日常的瑣碎羈絆而心生煩惱。

請再賜我力量，使我能夠滿懷愛意，並以我所獲的這種力量，全然地向你臣服。

37

I thought that my voyage had come to its end at the last limit of my power, —that the path before me was closed, that provisions were exhausted and the time come to take shelter in a silent obscurity.

But I find that thy will knows no end in me. And when old words die out on the tongue, new melodies break forth from the heart; and where the old tracks are lost, new country is revealed with its wonders.

· · · · · · · · · · · · · · · ·

❀

我以為，在我的精力已然衰竭之際，旅程亦當告終；
我以為前路已絕，行囊已空，在幽暗中隱退的日子終
於來臨了。

但是，我又驚奇地發現，在我身上，你的意志並沒有
終止。陳言舊語剛剛消失在舌尖，新的樂章立即奏響
於心田。舊轍舊路尚未全然消退，新天地又奇蹟似地
在我面前展開。

· · · · · · · · · · · · · · · ·

38

That I want thee, only thee—let my heart repeat without end. All desires that distract me, day and night, are false and empty to the core.

As the night keeps hidden in its gloom the petition for light, even thus in the depth of my unconsciousness rings the cry—I want thee, only thee.

As the storm still seeks its end in peace when it strikes against peace with all its might, even thus my rebellion strikes against thy love and still its cry is—I want thee, only thee.

我需要你，我只是需要你——讓我的心不斷地重複與紀念這句話語。那些日日夜夜都在誘惑著我的種種慾念，心中偽詐，無比虛空。

我需要你，我只是需要你——就像夜的朦朧，隱藏著對光明的祈求；我意識的深處，也總是迴盪著這樣的呼喚。

正如風暴用盡全力與和平抗衡，卻尋求終止於和平；我的叛逆也似在抵抗著你的愛情，而它的真實呼聲，卻還是同樣的一句話語——我需要你，我只是需要你。

吉檀迦利

39

When the heart is hard and parched up, come upon me with a shower of mercy.

When grace is lost from life, come with a burst of song.

When tumultuous work raises its din on all sides shutting me out from beyond, come to me, my lord of silence, with thy peace and rest.

When my beggarly heart sits crouched, shut up in a corner, break open the door, my king, and come with the ceremony of a king.

When desire blinds the mind with delusion and dust, O thou holy one, thou wakeful, come with thy light and thy thunder.

當我的心變得堅硬，變得焦躁不安，我的主啊，請施我以仁慈的甘霖吧。

當我的生命失去了恩寵，請賜我以歡樂的歌唱。

當繁忙的工作四處喧響，把我與你的世界隔開，呵，我沉默的主，請你來到我的身邊，帶著你的和平與安寧一起過來吧。

當我乞丐似的心，畏縮於牆角，我的國王，請帶著你王者的威儀破門而入，來到我生活的中心吧。

當慾念以誘惑與塵土，模糊了我的心眼，呵，我的主人，唯有你永是清醒的，請你帶著你的雷電一同降臨吧。

40

The rain has held back for days and days, my God, in my arid heart. The horizon is fiercely naked—not the thinnest cover of a soft cloud, not the vaguest hint of a distant cool shower.

Send thy angry storm, dark with death, if it is thy wish, and with lashes of lightning startle the sky from end to end.

But call back, my lord, call back this pervading silent heat, still and keen and cruel, burning the heart with dire despair.

Let the cloud of grace bend low from above like the tearful look of the mother on the day of the father's wrath.

我的主，在我荒涼的內心，已經有多少時日沒有經受你的雨水滋潤了。天空是徹底的赤裸——它沒有半片薄雲，沒有一絲清涼的雨意。

如果你願意，請降下你盛怒的風暴，帶著死亡的漆黑，以你的霹靂與閃電來震懾諸天吧。

但是，我的主，請你召回、召回這無邊瀰漫的沉沉酷暑吧，它是沉重、尖銳而又殘忍的，它是在用恐怖的絕望，來焚燒人類的心。

請讓仁慈的雲朵自高天處低低垂下，就像在父親的狂怒之日，母親卻目中含悲的神情。

41

Where dost thou stand behind them all, my lover, hiding thyself in the shadows? They push thee and pass thee by on the dusty road, taking thee for naught. I wait here weary hours spreading my offerings for thee, while passers by come and take my flowers, one by one, and my basket is nearly empty.

The morning time is past, and the noon. In the shade of evening my eyes are drowsy with sleep. Men going home glance at me and smile and fill me with shame. I sit like a beggar maid, drawing my skirt over my face, and when, they ask me, what it is I want, I drop my eyes and answer them not.

Oh, how, indeed, could I tell them that for thee I wait, and that thou hast promised to come. How could I utter for shame that I keep for my dowry this poverty. Ah, I hug this pride in the secret of my heart.

· · · · · · · · · · · · · · · · · · ·

❀

哦，我的摯愛，在人群的背後，你究竟把自己藏身於哪一處的陰影裡呢？在塵土飛揚的路上，他們把你推開，完全無視你的存在。而我，在最困乏的時候，依然擺放著禮物守候你，那些路過的人們一個個走來，又一個個地把我供奉給你的香花一朵朵拿去，我的花籃幾乎空了。

清晨已逝，中午亦已過去。在夜的暗影裡，我倦眼朦朧。那些回家的人們望著我發笑，使我滿心羞慚。我像女乞丐一般地坐著，拉起了裙子，蓋住我的臉，當他們問我要什麼的時候，我垂下了眼簾，閉口不語。

哦，真的，我怎能告訴他們說，我是在守候著你，而且還告訴他們，你也承諾說自己一定會來。我又怎能含著羞澀說，這種貧窮就是我的嫁妝。呵，我在內心的深處，還抱著一份隱密的驕傲呢！

· · · · · · · · · · · · · · · · · · ·

I sit on the grass and gaze upon the sky and dream of the sudden splendour of thy coming—all the lights ablaze, golden pennons flying over thy car, and they at the roadside standing agape, when they see thee come down from thy seat to raise me from the dust, and set at thy side this ragged beggar girl a-tremble with shame and pride, like a creeper in a summer breeze.

But time glides on and still no sound of the wheels of thy chariot. Many a procession passes by with noise and shouts and glamour of glory. Is it only thou who wouldst stand in the shadow silent and behind them all? And only I who would wait and weep and wear out my heart in vain longing?

我坐在野地上，凝望高空，夢想你突然來臨時那最浩大的輝煌 —— 萬光交輝，車輦上有那黃金色的彩旗在飛揚。人們立在道旁，目瞪口呆。眾目睽睽之下，你從你的王座上下來，把我自塵土中扶起，安置在你的身邊。我這衣衫襤褸的女乞丐，含著嬌羞與自豪，像夏日暖風中的蔓藤，因激動而渾身顫抖。

但是，多少個歲月過去了，我還是沒有聽見你金輦滾動的車輪之聲。又有多少的儀仗隊伍於喧嚷吵鬧中顯赫地走來，顯赫地離去。而你，只想在沉默的陰影裡站立，藏身在人群的背後嗎？難道我只能於哭泣中等待，並在徒勞的守候當中，終於心衰力竭嗎？

我坐在野地上,凝望高空,

夢想你突然來臨時那最浩大的輝煌——

萬光交輝,車輦上有那黃金色的彩旗在飛揚。

42

Early in the day it was whispered that we should sail in a boat, only thou and I, and never a soul in the world would know of this our pilgrimage to no country and to no end.

In that shoreless ocean, at thy silently listening smile my songs would swell in melodies, free as waves, free from all bondage of words.

Is the time not come yet? Are there works still to do? Lo, the evening has come down upon the shore and in the fading light the seabirds come flying to their nests.

Who knows when the chains will be off, and the boat, like the last glimmer of sunset, vanish into the night?

· ·

❀

清晨，於祕密的耳語中，我們約定了要一同去泛舟，
除了你與我，在這個世界上，沒有任何一個靈魂會知
曉，我們這既無目的，又無泊處的朝覲之旅。

在這無邊的生死海上，你常常微笑著靜默聆聽，而我
的歌唱也抑揚成調，像波浪一般自在，擺脫了字句的
束縛。

時候還沒有到來嗎？還有一些工作需要完成嗎？看
啊，暮色已經罩住了海岸，遠處的蒼茫當中，海鳥們
亦已成群歸巢。

呵，可是有誰知道，何時這鎖鍊能開，何時這條朝覲
的舟船，也將會像落日的餘暉，消解在茫茫的夜色當
中呢。

· ·

43

The day was when I did not keep myself in readiness for thee; and entering my heart unbidden even as one of the common crowd, unknown to me, my king, thou didst press the signet of eternity upon many a fleeting moment of my life.

And to-day when by chance I light upon them and see thy signature, I find they have lain scattered in the dust mixed with the memory of joys and sorrows of my trivial days forgotten.

Thou didst not turn in contempt from my childish play among dust, and the steps that I heard in my playroom are the same that are echoing from star to star.

那時，我還沒有為你的到來做好準備，我的國王；你就像一個平凡的陌生人，不請自來，主動地進到了我的心房。從此，在我生命流逝的無數時光裡，蓋上了你永恆的印記。

今天，我在偶然之間，又看見了這些印記，我發現，它們散落在塵埃中，混雜著被我遺忘的渺小日子裡的無數悲喜記憶。

你不曾鄙夷地躲開我孩提時代於塵土中展開的各種遊戲。我還發現，我在遊戲當中聽見的邐邐足音，與高天之上的群星迴響，原來盡是相同，皆來自於你。

44

This is my delight, thus to wait and watch at the wayside where shadow chases light and the rain comes in the wake of the summer.

Messengers, with tidings from unknown skies, greet me and speed along the road. My heart is glad within, and the breath of the passing breeze is sweet.

From dawn till dusk I sit here before my door, and I know that of a sudden the happy moment will arrive when I shall see.

In the meanwhile I smile and I sing all alone. In the meanwhile the air is filling with the perfume of promise.

在影子追逐光的地方，在初夏雨水來臨的季節，站在路旁等候與觀望，那便是我的快樂。

你的使者從不可知的天界帶來了你的消息，向我致意後他又匆忙趕路。我滿心歡愉，吹來的柔風中，呼吸到的盡是陣陣甘美的清香。

從清晨到夜晚，我一直坐在自己的門前；我知道，當我一看見你，那快樂的時光便會傾瀉而至。

那時，我會自歌自笑；那時，空氣中也會充滿著祈請與應答的芬芳。

45

Have you not heard his silent steps? He comes, comes, ever comes.

Every moment and every age, every day and every night he comes, comes, ever comes.

Many a song have I sung in many a mood of mind, but all their notes have always proclaimed, "He comes, comes, ever comes."

In the fragrant days of sunny April through the forest path he comes, comes, ever comes.

In the rainy gloom of July nights on the thundering chariot of clouds he comes, comes, ever comes.

In sorrow after sorrow it is his steps that press upon my heart, and it is the golden touch of his feet that makes my joy to shine.

你沒有聽見他輕柔的腳步嗎？他正在走來，走來，他總是不停地走來。

每一刻，每一個年代，每日每夜，他總是在走來，走來，不停地走來。

在我不同的心境下，我唱過了無數的歌，但在這所有的音符裡，我總是在宣告：「他正在走來，走來，他總是不停地走來。」

四月芬芳的晴日裡，他穿過林間小路正在走來，走來，他總是不停地走來。

七月陰暗的雨夜中，他乘著隆隆雲車正在走來，走來，他總是不停地走來。

愁悶相繼的無數歲月裡，是他的腳步踏在了我的心上，是他雙足黃金般的接觸，使我的快樂熠熠生輝。

46

I know not from what distant time thou art ever coming nearer to meet me. Thy sun and stars can never keep thee hidden from me for aye.

In many a morning and eve thy footsteps have been heard and thy messenger has come within my heart and called me in secret.

I know not why to-day my life is all astir, and a feeling of tremulous joy is passing through my heart.

It is as if the time were come to wind up my work, and I feel in the air a faint smell of thy sweet presence.

我不知道那是多麼久遠的事了，你總是這樣子走來，來與我會面。你的太陽和星辰無法將你隱藏，讓我看不見你。

有多少個清晨與夜晚，我都聽見過你的足音，你的使者一再地走進了我的心房，祕密地將我召喚。

只是，我不知道為什麼，今天的我卻有些悸動不安，一陣陣巨大的狂喜穿行在我的心頭。

工作結束的時刻似乎到了，我感覺到了空氣中，已經有你降臨時而傳來的淡淡幽香。

47

The night is nearly spent waiting for him in vain. I fear lest in the morning he suddenly come to my door when I have fallen asleep wearied out. Oh friends, leave the way open to him— forbid him not.

If the sound of his steps does not wake me, do not try to rouse me, I pray. I wish not to be called from my sleep by the clamorous choir of birds, by the riot of wind at the festival of morning light. Let me sleep undisturbed even if my lord comes of a sudden to my door.

Ah, my sleep, precious sleep, which only waits for his touch to vanish. Ah, my closed eyes that would open their lids to the light of his smile when he stands before me like a dream emerging from darkness of sleep.

Let him appear before my sight as the first of all lights and all forms. The first thrill of joy to my awakened soul let it come from his glance. And let my return to myself be immediate return to him.

花了整個夜晚等待，卻總不見他的出現。又怕清晨他忽然來到我的門前，而我卻睡意深沉，呵，朋友，請給他留個門吧——切勿攔阻他。

若是他的腳步沒有驚動我，那就不要把我喚醒。我不願意讓小鳥吵雜的合唱和慶祝晨光的狂野之風，打擾了我的睡夢。即使我的主，他突然出現在我的門前，也讓我能夠無擾地睡眠。

呵，我的睡眠，寶貴的睡眠，只等著他的觸碰來驅散。呵，我緊閉的雙眼，只在他微笑的光輝中睜開，當他站在我的面前時，就像一個夢，從黑暗的睡眠中冉冉上升。

讓他作為最初的光明和最初的形象，呈現在我的眼前。讓他的目光成為我覺醒的靈魂中最原初的歡愉。讓自我的回歸成為對他即刻的皈依、直接的臣服。

48

The morning sea of silence broke into ripples of bird songs; and the flowers were all merry by the roadside; and the wealth of gold was scattered through the rift of the clouds while we busily went on our way and paid no heed.

We sang no glad songs nor played; we went not to the village for barter; we spoke not a word nor smiled; we lingered not on the way. We quickened our pace more and more as the time sped by.

The sun rose to the mid sky and doves cooed in the shade. Withered leaves danced and whirled in the hot air of noon. The shepherd boy drowsed and dreamed in the shadow of the banyan tree, and I laid myself down by the water and stretched my tired limbs on the grass.

清晨的靜海，蕩漾著鳥語的微波。路旁的繁花競相綻放。我們卻匆匆趕路，心無旁騖，雲隙之間透出了霞光萬丈。

我們不歡唱，也不愛玩耍，我們不去任何的市集，我們一語不發，臉上也不露微笑；我們絕不流連於沿途的風光。光陰荏苒，我們在不斷地加快步伐。

太陽升到了中天，有鴿子在陰涼處咕咕叫喚。凋謝的樹葉，則在正午的熱風中翻飛舞蹈。牧童在菩提樹下的困倦中進入了睡鄉。終於，我在水邊躺臥下來，於草地上伸展開我疲憊而困乏的四肢。

My companions laughed at me in scorn; they held their heads high and hurried on; they never looked back nor rested; they vanished in the distant blue haze. They crossed many meadows and hills, and passed through strange, far-away countries. All honour to you, heroic host of the interminable path! Mockery and reproach pricked me to rise, but found no response in me. I gave myself up for lost in the depth of a glad humiliation—in the shadow of a dim delight.

The repose of the sun-embroidered green gloom slowly spread over my heart. I forgot for what I had travelled, and I surrendered my mind without struggle to the maze of shadows and songs.

At last, when I woke from my slumber and opened my eyes, I saw thee standing by me, flooding my sleep with thy smile. How I had feared that the path was long and wearisome, and the struggle to reach thee was hard!

我的同伴們嘲笑我；他們抬步疾走，他們不回顧也不休息，很快消失在遙遠的碧靄與暮色當中。他們穿過無數的山林河谷，經過遙遠而奇妙的異地與他鄉。英雄的長征隊伍啊，光榮必是屬於你們！那譏笑和責備本該促我站立，但我卻發現自己仍是無動於衷。我甘心沉淪於歡愉的恥辱深處──那模糊的快樂陰影當中。

陽光織就綠萌裡面的幽靜，慢慢地覆蓋了我的心。我忘記了遠行的目的，我毫無抵抗地把自己的一顆靈心，臣服於此間陰影與歌曲的迷宮。

最後，當我從沉睡中睜開了雙眼。呵，我竟然看見了你！那是你站在我的身旁，我的睡眠竟是沐浴在你的微笑當中！我從前是何等地懼怕，怕這道路的漫長與艱險，而要抵達你的面前，那又該是何等的困難，何等的艱險！

49

You came down from your throne and stood at my cottage door.

I was singing all alone in a corner, and the melody caught your ear. You came down and stood at my cottage door.

Masters are many in your hall, and songs are sung there at all hours. But the simple carol of this novice struck at your love. One plaintive little strain mingled with the great music of the world, and with a flower for a prize you came down and stopped at my cottage door.

． ． ． ． ． ． ● ● ● ● ● ● ● ● ● ●

✿

你從位置上起身，下了寶座，站在了我的屋舍門前。

我正在屋角一個人獨唱，這微渺的歌聲卻被你聽到了。於是，你從你的王座上起身下來，站在了我的屋舍門前。

在你的廣袤大廳，音樂大師濟濟一堂，無窮無盡的歌曲，從早唱到晚。但我這新手的簡單頌歌，卻激起了你的滿腔愛意。這一曲哀悽的小調，和世界上最偉大的音樂之主會面了。你下了你的寶座，還帶上了一束鮮花作為獎賞，就這樣，你駐足在了我的屋舍門前。

． ． ． ． ． ． ● ● ● ● ● ● ● ● ● ●

50

I had gone a-begging from door to door in the village path, when thy golden chariot appeared in the distance like a gorgeous dream and I wondered who was this King of all kings!

My hopes rose high and methought my evil days were at an end, and I stood waiting for alms to be given unasked and for wealth scattered on all sides in the dust.

The chariot stopped where I stood. Thy glance fell on me and thou earnest down with a smile. I felt that the luck of my life had come at last. Then of a sudden thou didst hold out thy right hand and say "What hast thou to give to me?"

我走在村野的路上，挨家挨戶地乞討。你的金輦像一個華麗的夢，出現在了遠方。我在猜想，這萬王之王究竟是誰呢！

我的希望倍增，我覺得我的苦難就要到頭了。我立在路旁，等候你主動地施予，等待那自四面八方散落下來的無窮財寶。

金色車輦在我站立的地方停住。你看到了我，微笑著下車。我深信自己的好運終於來臨。突然，你卻伸出了自己的右手，說道：「你有什麼東西給我呢？」

Ah, what a kingly jest was it to open thy palm to a beggar to beg! I was confused and stood undecided, and then from my wallet I slowly took out the least little grain of corn and gave it to thee.

But how great my surprise when at the day's end I emptied my bag on the floor to find a least little grain of gold among the poor heap. I bitterly wept and wished that I had had the heart to give thee my all.

呵，這開的是什麼樣的帝王玩笑，向一個乞丐伸手乞討！我滿是困惑不解，在猶疑中站立。然後，我從自己的口袋中緩緩掏出一粒最小的玉米，獻給了你。

那一日結束後，我回來傾空自己的行囊，將它們倒在地上，在我乞討過來的種種粗俗事物當中，我竟然發現了一粒小小的黃金。我大驚失色！我不禁失聲痛哭，我恨自己沒有慷慨地傾盡所有，將它們全都進獻給你。

51

The night darkened. Our day's works had been done. We thought that the last guest had arrived for the night and the doors in the village were all shut. Only some said, The king was to come. We laughed and said "No, it cannot be!"

It seemed there were knocks at the door and we said it was nothing but the wind. We put out the lamps and lay down to sleep. Only some said, "It is the messenger!" We laughed and said "No, it must be the wind!"

There came a sound in the dead of the night. We sleepily thought it was the distant thunder. The earth shook, the walls rocked, and it troubled us in our sleep. Only some said, it was the sound of wheels. We said in a drowsy murmur, "No, it must be the rumbling of clouds!"

夜色已深，人們一天的工作都已完成。我們想，最後於夜中投宿的客人皆已到來，村子裡的家家戶戶都會關上了各自的屋門。只是有幾個人卻說：「國王要來！」我們大笑，說道：「不會的，這是不可能的事！」

好像有敲門的聲音，我們說那不是別的，只是過路的風。我們吹滅了燈火，在床上就寢。只是有幾個人卻說：「這是國王的信使！」我們大笑，說道：「不會的，這一定是風！」

在沉寂的夜裡，傳來一種聲音，朦朧間，我們以為是遠處的雷鳴；大地震顫，屋宇迴響，驚擾了我們床上的睡眠。只是有幾個人卻說：「這是車輪碾地的聲音。」我們於昏沉之中，嘟囔著說道：「不會的，這一定是雲天中的雷鳴！」

The night was still dark when the drum sounded. The voice came " Wake up! delay not! " We pressed our hands on our hearts and shuddered with fear. Some said, "Lo, there is the king's flag!" We stood up on our feet and cried "There is no time for delay!"

The king has come—but where are lights, where are wreaths? Where is the throne to seat him? Oh, shame! Oh utter shame! Where is the hall, the decorations? Some one has said, "Vain is this cry! Greet him with empty hands, lead him into thy rooms all bare!"

Open the doors, let the conch-shells be sounded! In the depth of the night has come the king of our dark, dreary house. The thunder roars in the sky. The darkness shudders with lightning. Bring out thy tattered piece of mat and spread it in the courtyard. With the storm has come of a sudden our king of the fearful night.

天還沒亮，傳來鼓聲陣陣，有聲音喊道：「醒來，快快醒來吧，不要再耽擱了！」我們把手按在了心口，渾身嚇得顫抖。只是有幾個人卻說：「看啊，這是國王的旗幟！」我們爬了起來，站起身子叫喊：「沒有時間了，不能再耽擱了！」

國王已經來了！── 但是，燈火在哪裡？花環在哪裡？給他預備的寶座又在哪裡呢？呵，丟臉，實在太丟臉了！哪裡是客廳？茶几茶座又在哪裡呢？只是有幾個人卻說：「叫也無用了！用空空的手掌來迎接他吧，把他帶到你空空的房子裡來！」

打開了屋門，吹響徹入天際的法螺！在深夜中，國王光臨我那漆黑空虛的房子。雷聲在空中怒吼，黑夜被閃電粉碎。拿出你破舊的席子，將它鋪展在你的院子中吧。我們的國王，在如此恐怖之夜，突然與風暴一同來臨。

打開了屋門，吹響徹入天際的法螺！

在深夜中，國王光臨我那漆黑空虛的房子。

52

I thought I should ask of thee—but I dared not—the rose wreath thou hadst on thy neck. Thus I waited for the morning, when thou didst depart, to find a few fragments on the bed. And like a beggar I searched in the dawn only for a stray petal or two.

Ah me, what is it I find? What token left of thy love? It is no flower, no spices, no vase of perfumed water. It is thy mighty sword, flashing as a flame, heavy as a bolt of thunder. The young light of morning comes through the window and spreads itself upon thy bed. The morning bird twitters and asks, "Woman, what hast thou got?" No, it is no flower, nor spices, nor vase of perfumed water—it is thy dreadful sword.

I sit and muse in wonder, what gift is this of thine. I can find no place where to hide it. I am ashamed to wear it, frail as I am, and it hurts me when I press it to my bosom. Yet shall I bear in my heart this honour of the burden of pain, this gift of thine.

我想，我應當向你提出請求 —— 可是，我又不敢請求那掛在你的頸項，以玫瑰製成的花環。於是，我等到了黎明之初，在你離開之後，試圖從你的床上尋找一些玫瑰的碎片。我像乞丐一樣，於晨光熹微中來此尋找，只為得到那一兩片散落下來的花的碎片。

呵，那個可憐的我啊，我究竟找到了什麼呢？你留下了什麼樣的愛的標記呢？那不是花，不是香料，也不是一大瓶的香水，而是你的一柄莊嚴的寶劍，如火焰一樣放光，像雷霆一般沉重。清晨的微光透過了你的窗戶，灑在了你的床上。晨鳥們在嘰嘰喳喳地發問：「女人，你得到了什麼呢？」哦，不，它不是花，不是香料，也不是一大瓶的香水，而是你的一柄可畏懼的寶劍。

我不禁坐了下來，細細地思量，這是你的一份什麼樣的禮物呢？我既沒有地方藏放，也不好意思佩帶。我是這樣柔弱，當我抱它在懷時，它就把我壓得疼痛。但是，我仍要把這份恩寵銘記在心，你的禮物，這份沉痛的榮耀。

From now there shall be no fear left for me in this world, and thou shalt be victorious in all my strife. Thou hast left death for my companion and I shall crown him with my life. Thy sword is with me to cut asunder my bonds, and there shall be no fear left for me in the world.

From now I leave off all petty decorations. Lord of my heart, no more shall there be for me waiting and weeping in corners, no more shy and soft demeanour. Thou hast given me thy sword for adornment. No more doll's decorations for me!

從那一天起，我沒有了畏懼，在我的一切人生戰鬥當中，得勝的都是你。你讓死亡與我做伴，我將以我的生命來給它加冕，你的寶劍又助我劈開我的羈絆。是的，在這個世界上，我從此沒有了畏懼。

從那一天起，我丟掉了一切瑣碎的飾物，呵，我心靈的主人，我已於世無求，我再也不會向隅而泣，也不再畏怯與嬌羞。你既已用你的寶劍給我授意，我就不會再要那些玩物、那些瑣碎的飾品來妝點我的人生了。

53

Beautiful is thy wristlet, decked with stars and cunningly wrought in myriad-coloured jewels. But more beautiful to me thy sword with its curve of lightning like the outspread wings of the divine bird of Vishnu, perfectly poised in the angry red light of the sunset.

It quivers like the one last response of life in ecstasy of pain at the final stroke of death; it shines like the pure flame of being burning up earthly sense with one fierce flash.

Beautiful is thy wristlet, decked with starry gems; but thy sword, O lord of thunder, is wrought with uttermost beauty, terrible to behold or to think of.

･ ･ ･ ･ ･ ･ ･ ･ ･ ･ ･ ･ ･ ･ ● ● ● ●

❀

你的手鐲真是美麗，鑲著星辰，精巧地嵌入了五光十
色的珠寶。但是，我卻以為你的寶劍更是美得不可方
物，那彎曲的閃光，像是毗濕奴的神鳥展開的雙翼，
完美地平懸於落日怒發的紅色光芒裡。

它的戰慄，就像人之將死時的臨終一擊，痛苦迷醉中
的最後回應。它的閃耀，就像純粹的火焰，在燃盡塵
緣世情的時候，攜帶著的最後強烈的光芒。

你的手鐲真是美麗，星星點點嵌滿了珠寶；但是，你
的寶劍，呵，雷霆之主，它鑄成了如此超凡絕頂的美
麗，看到想到的都是畏懼與戰慄。

･ ･ ･ ･ ･ ･ ･ ･ ･ ･ ･ ･ ● ● ● ●

54

I asked nothing from thee; I uttered not my name to thine ear. When thou took'st thy leave I stood silent. I was alone by the well where the shadow of the tree fell aslant, and the women had gone home with their brown earthen pitchers full to the brim. They called me and shouted, " Come with us, the morning is wearing on to noon." But I languidly lingered awhile lost in the midst of vague musings.

I heard not thy steps as thou earnest. Thine eyes were sad when they fell on me; thy voice was tired as thou spokest low—"Ah, I am a thirsty traveller." I started up from my daydreams and poured water from my jar on thy joined palms. The leaves rustled overhead; the cuckoo sang from the unseen dark, and perfume of *babla* flowers came from the bend of the road.

· · · · · · · · · · · · ● ● ● ● ● ●

❀

我對你無所要求，我不向你的耳中說出我的名字。當你離開的時候，我只是靜靜地站立，單獨站在樹影橫斜的水井旁邊。女人們頂著深褐色的瓦罐，已經汲滿了水要回家。她們對著我喊道：「和我們一塊走吧，清晨已盡，午時遽至。」但我仍是繾綣而流連，沉浸於恍惚的迷思之中。

我沒有聽見你行來的足音，你的眼睛憂傷地落在了我的身上，低語時的聲音是困乏的──「呵，我是一個飢渴的旅者。」我從自己的恍惚當中驚醒，把我瓦罐裡的水，倒在了你互捧的手掌當中。樹葉在頭頂上沙沙作響，遠處的布穀鳥在看不見的幽暗處歌唱，曲曲折折的小徑，飄來了膠樹花的芳香。

· · · · · · · · · · · · ● ● ● ● ● ●

● ● ● ● ● ● ● ● ● ● ● ● ● · · · · ·

I stood speechless with shame when my name thou didst ask. Indeed, what had I done for thee to keep me in remembrance? But the memory that I could give water to thee to allay thy thirst will cling to my heart and enfold it in sweetness. The morning hour is late, the bird sings in weary notes, *neem* leaves rustle overhead and I sit and think and think.

● ● ● ● ● ● ● ● ● ● ● ● ● · · · · ·

你問起我的名字，我滿心羞愧，悄立無言。真的，我替你做過了什麼呢，值得你來記掛？但是，我得到了這種恩寵，有幸能給你飲水解渴，這段溫馨的回憶將永存於心底。天時不早了，鳥兒唱著疲倦的歌，楝樹的葉子在頭頂上沙沙作響，而我卻坐了下來，反覆地想了又想。

55

Languor is upon your heart and the slumber is still on your eyes.

Has not the word come to you that the flower is reigning in splendour among thorns? Wake, oh awaken! Let not the time pass in vain!

At the end of the stony path, in the country of virgin solitude my friend is sitting all alone. Deceive him not. Wake, oh awaken!

What if the sky pants and trembles with the heat of the midday sun—what if the burning sand spreads its mantle of thirst—

Is there no joy in the deep of your heart? At every footfall of yours, will not the harp of the road break out in sweet music of pain?

倦意深深襲入了你的心，那未醒的醉夢猶且掛在你的雙眸。

莫非你未曾得知，荊棘中的那叢鮮花正在盛開的消息？醒來，哦，快快醒來！不要讓時間這樣空虛度過。

在石頭路的盡端，在未墾的鄉野，我的朋友他依然獨自坐在孤獨當中。請不要再哄騙他了。醒來，哦，快快醒來吧！

即使天空在正午的炎炎烈日之下喘息顫抖；即使燃燒的沙土，還在鋪展它滿是飢渴的外裳。

在你的深心裡面，難道就沒有一絲喜悅於暗中萌生嗎？在你的每一次舉步，每一次踏足的當下，這道路的豎琴，它難道不曾綻放那痛苦而甘美的音樂嗎？

56

Thus it is that thy joy in me is so full. Thus it is that thou hast come down to me. O thou lord of all heavens, where would be thy love if I were not?

Thou hast taken me as thy partner of all this wealth. In my heart is the endless play of thy delight. In my life thy will is ever taking shape.

And for this, thou who art the King of kings hast decked thyself in beauty to captivate my heart. And for this thy love loses itself in the love of thy lover, and there art thou seen in the perfect union of two.

主啊！你在我裡面的歡樂是如此豐盛，你如此屈尊地願意俯就於我。哦，你這諸天之主，假如沒有了我，那麼，你的愛，今日又將落於何方？

但你終於讓我享有了你，享有了你所有的豐盛與富裕。在我的內心，你就是無有窮盡的歡樂之源；我的生命體現的永遠都是你的意志。

就是為了這一個目的，你這萬王之王，便以美色來裝扮自己，贏取了我的芳心；就是為了這一個目的，你終於將自己的愛融入了你愛人的愛裡面。在那裡，你將以我們的完美結合，再度將自己顯現出來。

57

Light, my light, the world-filling light, the eye-kissing light, heart-sweetening light!

Ah, the light dances, my darling, at the centre of my life; the light strikes, my darling, the chords of my love; the sky opens, the wind runs wild, laughter passes over the earth.

The butterflies spread their sails on the sea of light. Lilies and jasmines surge up on the crest of the waves of light.

The light is shattered into gold on every cloud, my darling, and it scatters gems in profusion.

Mirth spreads from leaf to leaf, my darling, and gladness without measure. The heaven's river has drownd its banks and the flood of joy is aboard.

光明，哦，我的光明，普照大地的光明，這吻著眼目的光明，這沁入肺腑的光明！

哦，親愛的，光明在我生命的中心跳起舞來了；親愛的，那光明正在彈撥我愛的琴弦。天開了，風兒狂奔，朗朗笑聲響徹大地。

蝴蝶在光的海洋上，展開了它的翼帆。百合，還有茉莉，它們在光的浪尖上起伏、翻滾。

親愛的，這四射的光輝，它在每一朵高天的雲彩上散映成金，灑下了慷慨無量的珠寶。

親愛的，無邊的歡喜正在樹葉間瀰漫，快樂異常。天河潰堤了，這歡喜的洪流是如此浩大，如此地奔瀉而下。

58

Let all the strains of joy mingle in my last song—the joy that makes the earth flow over in the riotous excess of the grass, the joy that sets the twin brothers, life and death, dancing over the wide world, the joy that sweeps in with the tempest, shaking and waking all life with laughter, the joy that sits still with its tears on the open red lotus of pain, and the joy that throws everything it has upon the dust, and knows not a word.

主啊，讓我最後的歌唱，能夠融入你的一切歡樂。那歡樂，使大地的草海歡聲雷動；那歡樂，使生死這對弟兄，於廣大的世上並肩舞蹈；那歡樂，與狂烈的風暴一道，席捲而至，用此等盛大的笑聲，來動搖和喚醒一切的生命、所有的生機；那歡樂，也曾伴著淚水，安靜地歇在了紅色蓮花那盛開的痛苦當中；那歡樂，它超出了一切的言語和詞句，把你所有的所有，全部拋出，紛紛落在世界的每一粒塵土之上。

59

Yes, I know, this is nothing but thy love, O beloved of my heart—this golden light that dances upon the leaves, these idle clouds sailing across the sky, this passing breeze leaving its coolness upon my forehead.

The morning light has flooded my eyes—this is thy message to my heart. Thy face is bent from above, thy eyes look down on my eyes, and my heart has touched thy feet.

是的，我知道的，這一切不是別的，它們正是你的
愛。哦，我心靈的愛人呀！── 這漫舞於樹葉的金
光，這穿行於天際的閒雲，這於我的額頭留有清明涼
意的微風。

拂曉時分的晨光，一旦湧入我的雙眼 ── 我就知道，
這是你傳遞給我心靈的消息。你俯下了你的臉，自高
天之上凝視著我的雙眼；而我的心，也已經觸及了你
的蓮花雙足。

這漫舞於樹葉的金光，這穿行於天際的閒雲，

這於我的額頭留有清明涼意的微風。

60

On the seashore of endless worlds children meet. The infinite sky is motionless overhead and the restless water is boisterous. On the seashore of endless worlds the children meet with shouts and dances.

They build their houses with sand and they play with empty shells. With withered leaves they weave their boats and smilingly float them on the vast deep. Children have their play on the seashore of worlds.

They know not how to swim, they know not how to cast nets. Pearl fishers dive for pearls, merchants sail in their ships, while children gather pebbles and scatter them again. They seek not for hidden treasures, they know not how to cast nets.

❀

孩子們相會在無垠世界的海岸,遼闊的蒼穹在他們的頭頂靜止而安然,不寧的海水卻在腳邊洶湧激盪;孩子們相會在無垠世界的海岸,他們一邊舞蹈,一邊歡唱。

他們用沙子蓋起了房屋,手中擺弄著空空的貝殼。他們還用枯萎的樹葉編成了小船,又歡笑著讓小船漂浮到深遠的海上。孩子們在世界的海岸,進行著他們專注而安定的嬉戲。

他們不知道如何游泳,他們也不懂得怎麼撒網。採珠者在尋找寶珠,商人們向遠方出航。而孩子們卻把石頭撿起,再把石頭扔下。他們既不尋找那隱藏的寶藏,他們也不知道如何進行撒網。

The sea surges up with laughter and pale gleams the smile of the sea beach. Death-dealing waves sing meaningless ballads to the children, even like a mother while rocking her baby's cradle. The sea plays with children, and pale gleams the smile of the sea beach.

On the seashore of endless worlds children meet. Tempest roams in the pathless sky, ships get wrecked in the trackless water, death is abroad and children play. On the seashore of endless worlds is the great meeting of children.

大海歡笑著翻捲起浪花,而海灘的微笑則泛著蒼白而黯淡的光芒。致人死命的波濤,對孩子們唱著毫無意義的曲調,彷彿母親晃著搖籃時的朦朧哼唱。大海陪同孩子們一起遊玩,而海灘的微笑則泛著蒼白而黯淡的光芒。

孩子們相會在無垠世界的海岸。風暴在沒有路徑的空中呼嘯,航船在沒有軌道的海上沉亡。死神在肆虐而猖狂,孩子們在戲耍與遊玩。在無垠世界的海岸,有著孩子們一場無比盛大的表演。

61

The sleep that flits on baby's eyes—does anybody know from where it comes? Yes, there is a rumour that it has its dwelling where, in the fairy village among shadows of the forest dimly lit with glow-worms, there hang two timid buds of enchantment. From there it comes to kiss baby's eyes.

The smile that flickers on baby's lips when he sleeps—does anybody know where it was born? Yes, there is a rumour that a young pale beam of a crescent moon touched the edge of a vanishing autumn cloud, and there the smile was first born in the dream of a dew-washed morning—the smile that flickers on baby's lips when he sleeps.

The sweet, soft freshness that blooms on baby's limbs—does anybody know where it was hidden so long? Yes, when the mother was a young girl it lay pervading her heart in tender and silent mystery of love—the sweet, soft freshness that has bloomed on baby's limbs.

這輕輕掠過嬰兒雙眸的睡眠，莫非有誰知道它來自何方？是的，傳說它居住在森林的暗蔭深處，一個由螢火蟲的迷離之光照耀著的夢幻村莊，那兒懸掛著兩顆羞怯而誘人的花的蓓蕾 —— 它就是從那裡飛來，輕輕吻著了嬰兒的雙眼。

這閃爍在嬰兒睡夢中的唇邊微笑，莫非有誰知道它生於何處？是的，傳說它就是新月的那一抹青春的光，突然觸碰到了即將消逝的秋天雲彩的邊緣，於是，微笑便乍現於沐浴著朝露的晨間的夢鄉 —— 在嬰兒的睡夢中，這唇邊的微笑便是這樣閃閃發光。

這花朵一般綻放在嬰兒四肢上的柔美且鮮嫩的清新生氣，莫非有誰知道它也曾久久地藏在何地？是的，傳說中，當母親還是一位少女的時候，它就已經充滿了她的心房，在愛的溫柔與寧靜的神祕中暗暗收藏 —— 那柔美而鮮嫩的清新之氣，就這樣在嬰兒的四肢上，如花朵一般全然綻放。

62

When I bring to you coloured toys, my child, I understand why there is such a play of colours on clouds, on water, and why flowers are painted in tints—when I give coloured toys to you, my child.

When I sing to make you dance I truly know why there is music in leaves, and why waves send their chorus of voices to the heart of the listening earth—when I sing to make you dance.

When I bring sweet things to your greedy hands I know why there is honey in the cup of the flower and why fruits are secretly filled with sweet juice —when I bring sweet things to your greedy hands.

When I kiss your face to make you smile, my darling, I surely understand what the pleasure is that streams from the sky in morning light, and what delight that is which the summer breeze brings to my body—when I kiss you to make you smile.

當我送你彩色玩具的時候，我的孩子，我終於明白，
為什麼空中的雲、地上的水會如此色調斑斕，我也明
白了為什麼每一朵鮮花都會被染上各自的色彩—— 當
我送你彩色玩具的時候，我的孩子。

當我的歌唱使你翩翩起舞的時候，我已真切地知道，
為什麼樹葉與樹葉之間會奏響音樂，為什麼波浪會把
它們合唱的聲音，毫無保留地送進諦聽著的大地的心
房—— 當我的歌唱使你翩翩起舞的時候。

當我把糖果放入了你貪婪的手掌的時候，我徹底清楚
了，為什麼在鮮花的杯盞裡面會藏有蜂蜜，為什麼水
果的心中會祕密地儲滿了果汁的香甜—— 當我把糖果
放入你貪婪的手掌的時候。

當我的吻，落在你的臉上，它竟使你如此容光煥發的
時候，我親愛的孩子，我確實了解了於晨光中流經天
際的，該是怎樣的一種欣悅之流；夏日的涼風吹送到
我身上的，這該是怎樣的一種歡愉與驚喜—— 當我吻
你的臉，使你如此容光煥發的時候。

63

Thou hast made me known to friends whom I knew not. Thou hast given me seats in homes not my own. Thou hast brought the distant near and made a brother of the stranger.

I am uneasy at heart when I have to leave my accustomed shelter; I forget that there abides the old in the new, and that there also thou abidest.

Through birth and death, in this world or in others, wherever thou leadest me it is thou, the same, the one companion of my endless life who ever linkest my heart with bonds of joy to the unfamiliar.

When one knows thee, then alien there is none, then no door is shut. Oh, grant me my prayer that I may never lose the bliss of the touch of the one in the play of the many.

主啊，你讓素不相識的朋友一一認識了我，你在別人的家中為我安立了座位。你使長長的距離縮短，使生人一再地變成了弟兄。

當我必須離開自己熟悉的舊家之際，我的內心時常是不寧靜的。因為我忘記了這其實是故人遷入了新房，還忘記了你也會與我一同居住在那裡。

通過生與死，通過來世與今生，無論你帶領我到了哪裡，總是你，一定是你，我無常生命中唯一不變的伴侶，你一直都在以歡樂的絲線，把我的心與陌生的人、陌生的世界連繫在一起。

人一旦認識了你，世上就不存在陌生的人群，再也沒有了緊閉的門戶。呵，只是，只是請恩准我一個私密的請求，使我在與眾生無窮無盡的遊戲當中，永不失去與你單獨相會的無上歡喜。

64

On the slope of the desolate river among tall grasses I asked her, "Maiden, where do you go shading your lamp with your mantle? My house is all dark and lonesome—lend me your light!" She raised her dark eyes for a moment and looked at my face through the dusk. "I have come to the river," she said, "to float my lamp on the stream when the daylight wanes in the west." I stood alone among tall grasses and watched the timid flame of her lamp uselessly drifting in the tide.

In the silence of gathering night I asked her, "Maiden, your lights are all lit—then where do you go with your lamp? My house is all dark and lonesome—lend me your light." She raised her dark eyes on my face and stood for a moment doubtful. "I have come," she said at last, "to dedicate my lamp to the sky." I stood and watched her light uselessly burning in the void.

❀

在荒涼的河岸上，草色深沉，我問她：「姑娘，妳用
披紗遮護著燈，是要到哪裡去呢？我的屋子又寂寞又
黑暗——請把妳的燈借給我吧！」在薄暮裡，她抬起
她那烏黑的雙眸，看著我的臉，沉吟了一會兒。「我
到河邊來，」她說，「是要在太陽西沉的時候，讓
我的燈漂浮在水面上。」我獨自站立，在深深的草叢
中，望著她那幽暗的燈，無用地漂浮在水面。

在黑夜的寂靜中，我問她：「姑娘，妳的燈都已經點
上了，妳是要拿著這盞燈到哪裡去呢？我的屋子又寂
寞又黑暗——請把妳的燈借給我吧！」在夜色中，她
抬起她那烏黑的雙眸，望著我的臉，猶疑了一會兒。
「我到這裡來，」她最後說，「是要把我的燈獻給
天上的神明的。」我獨自站在那裡，望著她那空虛的
燈，無用地在虛空中發光。

In the moonless gloom of midnight I asked her, "Maiden, what is your quest holding the lamp near your heart? My house is all dark and lonesome,—lend me your light." She stopped for a minute and thought and gazed at my face in the dark. "I have brought my light," she said, "to join the carnival of lamps." I stood and watched her little lamp uselessly lost among lights.

· · · · · · · · ● ● ● ● ● ● ● ● ●

在沒有月亮的深夜，涼氣襲人，我問她：「姑娘，究竟是什麼原因，讓妳把燈緊緊抱在胸前？我的屋子又寂寞又黑暗——請把妳的燈借給我吧！」她停住了，在深黑的中夜凝視著我的臉，思索了一會兒。「我帶著我的燈來，」她說，「是想讓它參加燈與燈相會的節日的。」我站在那兒，望著她那小小的燈，無用地消失在眾燈發放的眾光之中。

· · · · · · · · ● ● ● ● ● ● ● ●

65

What divine drink wouldst thou have, my God, from this overflowing cup of my life?

My poet, is it thy delight to see thy creation through my eyes and to stand at the portals of my ears silently to listen to thine own eternal harmony?

Thy world is weaving words in my mind and thy joy is adding music to them. Thou givest thyself to me in. love and then feelest thine own entire sweetness in me.

哦，我的主人，你究竟要從我這滿滿流溢的生命杯盞當中，啜飲什麼樣的神聖之酒呢？

我的詩神，你借由我的雙眼，觀看你自己的造物；又通過我的耳際，靜靜諦聽你自己的旋律。這麼做，正是你不朽的歡樂嗎？

你的世界，在我的心中編字成句，你再以你的歡樂給它譜成了樂曲。你總是在愛中把自己交給了我，又借著我的生命，來感受你自己那最是圓滿的愛情。

66

She who ever had remained in the depth of my being, in the twilight of gleams and of glimpses; she who never opened her veils in the morning light, will be my last gift to thee, my God, folded in my final song.

Words have wooed yet failed to win her; persuasion has stretched to her its eager arms in vain.

I have roamed from country to country keeping her in the core of my heart, and around her have risen and fallen the growth and decay of my life.

Over my thoughts and actions, my slumbers and dreams, she reigned yet dwelled alone and apart.

在光影不定的迷離之間，她一直潛伏在我生命的幽深之處，她也從來不肯於黎明的光輝中將自己的面紗揭下。哦，我的主人，今日，我只好把她輕輕收起，藏在這最後的一首歌裡，作為最後的一份贈禮獻給你。

說過無數求愛的話語，但還是沒有贏得她的芳心。一切的勸誘，只是徒勞地向她伸出熱切的手臂。

我把她深藏於自己的中心，從一國到另一國，一地到另一地，遍處漫遊，我生命的榮枯也圍繞著她起起落落。

她掌管著我的思想、行動，還有夢境，而她自己，卻離群索居，毫不動心。

Many a man knocked at my door and asked for her and turned away in despair.

There was none in the world who ever saw her face to face, and she remained in her loneliness waiting for thy recognition.

多少人曾敲開我的房門，試圖拜訪她，但最後都絕望
地離去。

在這個世上，從來沒有一個人與她單獨相會過，她守
在自己的孤獨當中，只是靜靜地等候著你的賞識。

67

Thou art the sky and thou art the nest as well.

O thou beautiful, there in the nest it is thy love that encloses the soul with colours and sounds and odours.

There comes the morning with the golden basket in her right hand bearing the wreath of beauty, silently to crown the earth.

And there comes the evening over the lonely meadows deserted by herds, through trackless paths, carrying cool draughts of peace in her golden pitcher from the western ocean of rest.

But there, where spreads the infinite sky for the soul to take her flight in, reigns the stainless white radiance. There is no day nor night, nor form nor colour, and never, never a word.

✿

你雖是無際的天空，你也是深深的巢穴。

呵，何等美好的你，竟會將自己的愛情，安放在了這樣一個小小的巢穴裡面，還用色彩、音樂和香氣來妝點巢穴中的靈魂。

在那裡，清晨來了，它用右手拎著黃金的籃子，裡面裝滿了美好的花環，在沉默中為大地加冕。

在那裡，黃昏來了，它越過無人放牧的野地，穿過車馬絕跡的小徑，在它金黃色的小瓶裡面，盛放著自西方大海的安詳裡面，掬來的和平而又清涼的神祕淨水。

在那裡，只有純白的光輝，它掌管著為靈魂的翱翔而鋪展開來的無窮天際。但是，那裡卻無晝無夜、無形無色，而且永遠、永遠無有任何的一種言辭，可以將它全面描述、全然表達。

68

Thy sunbeam comes upon this earth of mine with arms outstretched and stands at my door the livelong day to carry back to thy feet clouds made of my tears and sighs and songs.

With fond delight thou wrappest about thy starry breast that mantle of misty cloud, turning it into numberless shapes and folds and colouring it with hues everchanging.

It is so light and so fleeting, tender and tearful and dark, that is why thou lovest it, O thou spotless and serene. And that is why it may eover thy awful white light with its pathetic shadows.

我整日站在自家的門前，伸展我的臂膀，終於，你的光束照到了我的地面，我的淚水、我的嘆息，還有我的歌聲，全都化作了高天的雲彩，返回到你的蓮花足旁。

你歡喜地把這雲彩的衣裳，披在滿是星光的胸前，你讓它裁出無數的褶紋和形狀，還染上了無常變幻的多彩模樣。

它是那樣地清揚，那樣地稍縱即往，它也溫柔、它也含淚，而且黯淡。因此，你深深地憐惜著它。呵，莊重的無瑕者，這就是為什麼它能夠以楚楚動人的身影，遮住了你那恐怖的、不容直視的純白之強光。

吉檀迦利

69

The same stream of life that runs through my veins night and day runs through the world and dances in rhythmic measures.

It is the same life that shoots in joy through the dust of the earth in numberless blades of grass and breaks into tumultuous waves of leaves and flowers.

It is the same life that is rocked in the ocean-cradle of birth and of death, in ebb and in flow.

I feel my limbs are made glorious by the touch of this world of life. And my pride is from the life-throb of ages dancing in my blood this moment.

就是這股生命的溪流，它日夜流淌，流過我的血管，
流過了整個世界，還應和著節拍，跳起了舞蹈。

就是這同一個生命，它從大地的塵土裡，歡快地伸展
出無數的枝葉，還在繁花與細草中蕩漾開了碎密的波
浪。

就是這同一個生命，它潮漲潮落，晃動著生死大海的
無常搖籃。

我感覺到了，我的四肢因受到生命世界的愛撫而熠熠
發光。我的驕傲，是因為這時代的脈搏，此刻正在我
的血液裡面神奇地躍動，歡樂地舞蹈。

70

Is it beyond thee to be glad with the gladness of this rhythm to be tossed and lost and broken in the whirl of this fearful joy?

All things rush on, they stop not, they look not behind, no power can hold them back, they rush on.

Keeping steps with that restless, rapid music, seasons come dancing and pass away—colours, tunes, and perfumes pour in endless cascades in the abounding joy that scatters and gives up and dies every moment.

· · · · · · · · · · · · · · · · · · · ·

❀

這愉悅的旋律莫非不能令你欣喜？不能令你於迴旋中
激盪，於激盪中破碎，於破碎中消亡，消亡於這可畏
懼的歡樂的洪流中嗎？

世界萬物，都在急遽前行，它們既不停留也不回顧，
沒有一種力量可以阻斷它們的步伐，它們只是急遽地
飛奔，急遽地前行。

每一個季節都伴隨著不停的節律，舞動而來，舞盡而
去 ── 色彩、音樂和香氣都在這滿滿流溢的歡樂當
中 ── 融入了這奔騰無盡的存在的洪流，每時每刻，
它們都在迸濺、墜落，進而消亡。

· · · · · · · · · · · · · · · · · · · ·

我感覺到了，

我的四肢因受到生命世界的愛撫而熠熠發光。

我的驕傲，是因為這時代的脈搏，

此刻正在我的血液裡面神奇地躍動，歡樂地舞蹈。

71

That I should make much of myself and turn it on all sides, thus casting coloured shadows on thy radiance— such is thy *maya*.

Thou settest a barrier in thine own being and then callest thy severed self in myriad notes. This thy self-separation has taken body in me.

The poignant song is echoed through all the sky in many-coloured tears and smiles, alarms and hopes; waves rise up and sink again, dreams break and form. In me is thy own defeat of self.

❀

我知道，我應當用好此身，四方成長，將多彩的人生
影像盡情投射出你的諸種光芒──這是你的摩耶[2]，這
是你的幻境。

而你，卻把自己置於高高的堅壁之內，只用萬千的音
符來召喚你的無窮幻身。如今，你的某一部分已從我
這裡獲得了幻境之身。

於是，高亢的歌聲響徹諸天，它於繽紛的淚水與歡
笑、恐懼與希望中長久迴盪；潮漲潮落，夢破夢圓，
而你的幻身，在我的裡面年深日久、逐漸凋殘。

2　摩耶（maya），源自梵文，它有多重意思，最主要的意思是幻相，是印度宗教與
　　哲學的重要部分，可以譯為錯覺。這個世界的幻相，也稱之為「無明」，字義是「非
　　知識性的」，即愚昧、妄想。在印度教中，世界是大自在天遊戲時所產生，人因為
　　無明而無法刺破摩耶的面紗而導致輪迴。

This screen that thou hast raised is painted with innumerable figures with the brush of the night and the day. Behind it thy seat is woven in wondrous mysteries of curves, casting away all barren lines of straightness.

The great pageant of thee and me has overspread the sky. With the tune of thee and me all the air is vibrant, and all ages pass with the hiding and seeking of thee and me.

· · · · · · · · · · · · · · · · · ·

你捲起的那一層帷幕，是你用晝夜的雙重畫筆繪成的
無數圖樣。在這帷幕的後面卻有你的王位，它捨棄了
一切單調乏味的直筆，只取用神祕奇妙的曲線，將你
的寶座編織而成。

你我組成的這個偉大的慶典，它遍滿了虛空；你我的
這種歌聲也令天宇震顫。無數個年代，就這樣在你我
的這種躲藏與尋覓的嬉戲中，一一消殞。

· · · · · · · · · · · · · · · · · ·

72

He it is, the innermost one, who awakens my being with his deep hidden touches.

He it is who puts his enchantment upon these eyes and joyfully plays on the chords of my heart in varied cadence of pleasure and pain.

He it is who weaves the web of this *maya* in evanescent hues of gold and silver, blue and green, and lets peep out through the folds his feet, at whose touch I forget myself.

Days come and ages pass, and it is ever he who moves my heart in many a name, in many a guise, in many a rapture of joy and of sorrow.

就是他，那位最神祕者，用他幽深的觸摸，來喚醒我
的生命。

就是他，那位施法者，把他的魅力注入了我的雙眼，
他還歡快地在我的心弦上奏出各種悲喜無常的樂章。

就是他，用金銀青綠各種迷離的色彩，織成了幻覺的
巨網，只透露一絲訊息於裸落在外的雙足。唯此蓮花
雙足的輕觸，讓我渾然忘卻了自己。

日徂月流，寒暑代謝，就是他，永遠都在以種種的名
義，種種的偽裝，種種的深悲與狂喜來撼動我的心，
喚醒我的生命。

73

Deliverance is not for me in renunciation. I feel the embrace of freedom in a thousand bonds of delight.

Thou ever pourest for me the fresh draught of thy wine of various colours and fragrance, filling this earthen vessel to the brim.

My world will light its hundred different lamps with thy flame and place them before the altar of thy temple.

No, I will never shut the doors of my senses. The delights of sight and hearing and touch will bear thy delight.

Yes, all my illusions will burn into illumination of joy, and all my desires ripen into fruits of love.

· · · · · · · · · · · · · · · · ●●●●

❀

我不需要以棄絕的方式來獲取自由，在人間萬千歡愉
的連繫之中，我一樣感受到了自由的懷抱。

你總是以你那色彩不一、芬芳各異的新酒，不斷地斟
滿我這粗糙的杯盞。

我的世界，將用你的火焰點亮那萬盞不同的光明之
燈，並將它們安放在你廟宇聖壇的前方。

不，我永遠不會關閉我的感官之門，視聽觸動的種種
快樂裡面，必是承載著你無窮的歡悅。

是的，我的一切幻想，都將燃燒成喜氣洋溢的光明，
我的一切願望，都將發育、並結成最後甘美的奉愛之
果。

· · · · · · · · · · · · · · · · ●●●●

74

The day is no more, the shadow is upon the earth. It is time that I go to the stream to fill my pitcher.

The evening air is eager with the sad music of the water. Ah, it calls me out nto the dusk. In the lonely lane there is no passer by, the wind is up, the ripples are rampant in the river.

I know not if I shall come back home. I know not whom I shall chance to meet. There at the fording in the little boat the unknown man plays upon his lute.

❁

白晝已盡，夜的暗影漸漸罩住了大地。現在，已是我到河邊汲水、裝滿我的瓦罐的時候了。

夜的空氣中，遙遙傳來了流水的哀音，伴有一種深切的期盼。呵，它在召喚著我到那深深的暮色中來。孤寂的小徑上空無一人。風漸漸大了起來，河面上也泛起了一陣一陣的波紋。

我不知道自己是否應該回到家中，我也不知道我在路上會遇見什麼樣的人。在淺灘停泊的小舟上，有一位陌生人，他一直在撥弄著他的魯特琴。

75

Thy gifts to us mortals fulfil all our needs and yet run back to thee undiminished.

The river has its everyday work to do and hastens through fields and hamlets; yet its incessant stream winds towards the washing of thy feet.

The flower sweetens the air with its perfume; yet its last service is to offer itself to thee.

Thy worship does not impoverish the world.

From the words of the poet men take what meanings please them; yet their last meaning points to thee.

你賜給我們凡人的禮物，滿足了我們的一切需求；然後，它們又絲毫未損地重返到了你自己那裡。

河水有它每日的工作，它不停地流過田野，穿過村莊。然後，它那無窮無盡的流水，又蜿蜒曲折地返回，來清洗你的蓮花雙足。

群花用它們的芳香，薰遍了大地與大地上方的虛空，但它們最終的使命，卻是借此把自己奉獻給你。

是的，對你的無量供奉，永不致世界於貧窮。

人們在詩人的字句中，找尋的往往是取悅自己的意義。但是，這些字句最終的價值，還是一樣不少地全都指向了你。

76

Day after day, O lord of my life, shall I stand before thee face to face? With folded hands, O lord of all worlds, shall I stand before thee face to face?

Under thy great sky in solitude and silence, with humble heart shall I stand before thee face to face?

In this laborious world of thine, tumultuous with toil and with struggle. among hurrying crowds shall I stand before thee face to face?

And when my work shall be done in this world, O King of kings, alone and speechless shall I stand before thee face to face?

年復一年，日復一日，啊，我生命的主，我終於有朝一日能與你面對面站立，單獨相會了嗎？啊，諸世界的王，彼時，我雙手合十，能夠與你單獨相會了嗎？

在你遼闊的天穹之下，在莊重與肅靜當中，我攜帶虔敬之心，終於能夠與你單獨相會了嗎？

在這勞苦的世界之上，艱辛與奮鬥喧騰四方，於紛亂的人群當中，我終於能夠與你單獨相會了嗎？

當我完成了這世上的所有工作，啊，萬王之王，我獨自一人，在悄然無語的沉默當中，終於有望與你面對面站立，能夠單獨相會了嗎？

77

I know thee as my God and stand apart—I do not know thee as my own and come closer. I know thee as my father and bow before thy feet—I do not grasp thy hand as my friend's.

I stand not where thou comest down and ownest thyself as mine, there to clasp thee to my heart and take thee as my comrade.

Thou art the Brother amongst my brothers, but I heed them not, I divide not my earnings with them, thus sharing my all with thee.

In pleasure and in pain I stand not by the side of men, and thus stand by thee. I shrink to give up my life, and thus do not plunge into the great waters of life.

⊛

我知道你是我的主，我遠遠立在一旁 ── 我不知道你
也屬於我而大膽靠近你。我知道你是我的父，我匍匐
在你的腳下 ── 我卻沒有能夠像朋友那樣，握緊你的
手。

我沒有站立在你降臨的地方，把你據為己有；我也沒
有擁你入懷，視你為同道。

你是我弟兄中的弟兄，但我不大理睬諸弟兄，我不與
他們平分我的寶物，我以為這樣做，我就能夠與你分
享我的一切與所有。

在歡樂和痛苦當中，我並沒有站在人類這一邊，我以
為這樣做，我才能與你站在一起。因我畏懼著不肯捨
生，最後，卻使我未能縱身於這偉大的生死海。

78

When the creation was new and all the stars shone in their first splendour, the gods held their assembly in the sky and sang "Oh, the picture of perfection! the joy unalloyed!"

But one cried of a sudden—"It seems that somewhere there is a break in the chain of light and one of the stars has been lost."

The golden string of their harp snapped, their song stopped, and they cried in dismay—"Yes, that lost star was the best, she was the glory of all heavens!"

From that day the search is unceasing for her, and the cry goes on from one to the other that in her the world has lost its one joy!

Only in the deepest silence of night the stars smile and whisper among themselves—"Vain is this seeking! Unbroken perfection is over all!"

造物伊始，繁星射出了第一道炫目的光芒，眾神齊聚天界，唱起了歡歌：「啊，完美的畫圖，純粹的喜樂！」

忽然，其中一位天神喊叫起來──「光的鍊條上似乎缺開了一環，一顆星星不見了。」

於是，他們豎琴上的金弦，猛然之間斷裂，歌聲也戛然而止，他們驚惶起來：「是啊，那顆迷失了的星星，她是多麼完美，她就是諸天的榮耀！」

從那一天開始，他們就沒有停止過尋找，他們眾口相傳，由於她的丟失，世界也失去了一份歡樂。

只有在最深沉的靜夜裡面，眾星們卻微笑著低語──「尋找是何等的徒勞，無憾的圓滿，永是遍在，籠蓋著一切！」

79

If it is not my portion to meet thee in this my life then let me ever feel that I have missed thy sight—let me not forget for a moment, let me carry the pangs of this sorrow in my dreams and in my wakeful hours.

As my days pass in the crowded market of this world and my hands grow full with the daily profits, let me ever feel that I have gained nothing—let me not forget for a moment, let me carry the pangs of this sorrow in my dreams and in my wakeful hours.

假如，我今生無緣與你相見，那就讓我永遠為這次錯失而備感痛楚——讓我念念不忘，讓我醒時夢時都懷帶著這份悲哀的苦痛。

當我把日子耗費在世界的市集，雙手堆滿了當日的贏利之時，那就讓我永遠為這種收成而備感虛空——讓我念念不忘，讓我醒時夢時都懷帶著這份悲哀的苦痛。

When I sit by the roadside, tired and panting, when I spread my bed low in the dust, let me ever feel that the long journey is still before me—let me not forget for a moment, let me carry the pangs of this sorrow in my dreams and in my wakeful hours.

When my rooms have been decked out and the flutes sound and the laughter there is loud, let me ever feel that I have not invited thee to my house—let me not forget for a moment, let me carry the pangs of this sorrow in my dreams and in my wakeful hours.

. . . .

當我歇在了路邊，於疲乏中喘氣，當我要在塵土中
鋪設臥具的時候，請讓我永遠記得前方還有悠悠長
路——讓我念念不忘，讓我醒時夢時都懷帶著這份悲
哀的苦痛。

當我把華屋裝扮完畢，當我吹響了手中的長笛，放聲
大笑的時候，請讓我永遠能夠記住，我還沒有邀請你
的光臨——讓我念念不忘，讓我醒時夢時都懷帶著這
份悲哀的苦痛。

. . . .

當我歇在了路邊，於疲乏中喘氣，

當我要在塵土中鋪設臥具的時候，

請讓我永遠記得前方還有悠悠長路。

80

I am like a remnant of a cloud of autumn uselessly roaming in the sky, O my sun ever-glorious! Thy touch has not yet melted my vapour, making me one with thy light, and thus I count months and years separated from thee.

If this be thy wish and if this be thy play, then take this fleeting emptiness of mine, paint it with colours, gild it with gold, float it on the wanton wind and spread it in varied wonders.

And again when it shall be thy wish to end this play at night, I shall melt and vanish away in the dark, or it may be in a smile of the white morning, in a coolness of purity transparent.

· · · · · · · · · · · · · · · · ●

✿

我像一片秋日的殘雲，無用地在虛空中飄盪。哦，我永遠發光的太陽！你的觸碰還沒有蒸盡我的渾身水滴，使我得以與你的光輝合二為一。於是，我唯有細細數著，那些與你分離的無數個日日夜夜。

假如，這是出於你的願望，假如它原本就是你的遊戲，那麼，就請為我那些無常的虛空生涯，鍍上一層黃金、染上一些色彩吧，讓它於肆意的風中自在漂浮、遊盪，舒展出萬種奇觀。

而且，假如你願意，願意於今晚就結束這場嬉戲，那我會在這個黑夜裡面，或是在潔白清晨的微光當中，在它最是純粹、最是透明的清涼裡面，讓自己融化，把自己消解。

· · · · · · · · · · · · · · · · ●

81

On many an idle day have I grieved over lost time. But it is never lost, my lord. Thou hast taken every moment of my life in thine own hands.

Hidden in the heart of things thou art nourishing seeds into sprouts, buds into blossoms, and ripening flowers into fruitfulness.

I was tired and sleeping on my idle bed and imagined all work had ceased.

In the morning I woke up and found my garden full with wonders of flowers.

在許多閒散的時光裡，我曾痛惜自己以往錯失的日子。但是，我的主啊，它其實從未虛度，因為我知道，你已用你的手掌，掌管了我生命中的每一寸光華。

你潛藏在萬物的中心，滋養著每一粒種子的新芽與開花，你還孕育出它們自身的果實。

我曾滿身困乏，我曾躺在了自己閒適的床上，想像著一切工作都已停歇。

清晨醒來，我卻發覺，我花園的裡面，竟已悄然開遍了各樣的異卉奇花。

82

Time is endless in thy hands, my lord. There is none to count thy minutes.

Days and nights pass and ages bloom and fade like flowers. Thou knowest how to wait.

Thy centuries follow each other perfecting a small wild flower.

We have no time to lose, and having no time we must scramble for our chances. We are too poor to be late.

And thus it is that time goes by while I give it to every querulous man who claims it, and thine altar is empty of all offerings to the last.

At the end of the day I hasten in fear lest thy gate be shut; but I find that yet there is time.

主啊，你手掌中的光陰是沒有窮盡的，你的分分秒秒，凡人又如何能夠測度。

晝夜交替，寒來暑往，時代的來往如同花開花落。唯有你最是知道等待的深義。

為一朵小小的野花，你願意支付無數的世紀，一個接著一個，接連不斷，直至這野花趨於它的圓滿。

而我們，卻沒有足夠的光陰可以隨便錯過。因為我們沒有時間，所以我們必須操勞奔忙；因為我們一貧如洗，所以我們不能坐失良機。

於是，當我把時間供給了每一位向我索取它的性急的朋友時，我自己的光陰也就消亡了。所以，直至最後的時刻，我都沒有為你的祭壇，供奉一點像樣的祭品。

日子將盡，我匆匆趕來，心中擔憂著你已經關閉了大門；但臨末之際，我卻發現，時間仍有餘裕。

83

Mother, I shall weave a chain of pearls for thy neck with my tears of sorrow.

The stars have wrought their anklets of light to deck thy feet, but mine will hang upon thy breast.

Wealth and fame come from thee and it is for thee to give or to withhold them. But this my sorrow is absolutely mine own, and when I bring it to thee as my offering thou rewardest me with thy grace.

※

母親，我要用我悲哀的淚滴，串聯成珠，高掛在你的
頸項。

天界的繁星用它們的星光製成了腳鐲，妝點你的蓮花
雙足，而我，卻要以淚水打造的項鍊懸掛在你的胸
前。

世上的名利皆是從你而來，自然也全憑你來生殺予
奪。但這悲哀，的確是我自己的。當我將它作為祭品
奉上給你的時候，你卻用你滿滿的愛意酬答了我。

84

It is the pang of separation that spreads throughout the world and gives birth to shapes innumerable in the infinite sky.

It is this sorrow of separation that gazes in silence all night from star to star and becomes lyric among rustling leaves in rainy darkness of July.

It is this overspreading pain that deepens into loves and desires, into sufferings and joys in human homes; and this it is that ever melts and flows in songs through my poet's heart.

．．．．．．．．．．．．．．．．

❀

分離的隱痛遍滿整個宇宙，它為無際的蒼穹造就了無窮的情境。

正是這份分離的隱痛，它於每個不同的夜晚，悄然凝視高天的星辰；並在七月的雨夜，於蓁蓁樹葉的奏吟之間，書寫了抒情的詩篇。

正是這份遍地瀰漫、時時高漲的隱痛，它深深化入了人間的情愛和慾望，形成悲喜苦樂的人生無常。也正是這份分離的隱痛，它永遠都在藉由我詩人的心，融化成歌，流溢而出。

．．．．．．．．．．．．．．．．

85

When the warriors came out first from their master's hall, where had they hid their power? Where were their armour and their arms?

They looked poor and helpless, and the arrows were showered upon them on the day they came out from their master's hall.

When the warriors marched back again to their master's hall where did they hide their power?

They had dropped the sword and dropped the bow and the arrow; peace was on their foreheads, and they had left the fruits of their life behind them on the day they marched back again to their master's hall.

當勇士們從他們主人的殿堂剛剛步出之時,他們把自己的力量藏在哪裡了呢?他們把盔甲和武器藏在哪裡了呢?

他們顯得貧窮而無助。當勇士們從他們主人的殿堂走出來的那一天,他們就要經受如雨點一般箭矢的洗禮。

當勇士們又重新整裝步入他們主人的殿堂之時,他們把自己的力量藏在哪裡了呢?

他們已經放下了刀劍與弓矢,和平在他們的前額閃閃放光,當勇士們重新整裝,走回他們主人的殿堂的那一天,他們就把生命道上的果實,全都留在了身後。

86

Death, thy servant, is at my door. He has crossed the unknown sea and brought thy call to my home.

The night is dark and my heart is fearful—yet I will take up the lamp, open my gates and bow to him my welcome. It is thy messenger who stands at my door.

I will worship him with folded hands, and with tears. I will worship him placing at his feet the treasure of my heart.

He will go back with his errand done, leaving a dark shadow on my morning; and in my desolate home only my forlorn self will remain as my last offering to thee.

死神，他是你的僕人，他終於來敲擊我的房門了。他穿過了那一片不可知的海，把你的召喚帶到了我的住家。

夜色凝重，此心懼怕──但我還是掌燈開門，向他鞠躬，以示歡迎。因為，站在我門口的，是你派遣的信使。

我眼含淚水，雙手合十來禮敬他，我將把我心中的珍品一一擺放在他的腳下來崇拜他。

他一旦完成了使命，就要回去。在我清晨的光輝中就會留下死的陰影。我蒼涼的家中，只剩下了孤獨的我，我將把自己作為最後的祭品，獻給你。

87

In desperate hope I go and search for her in all the corners of my room; I find her not.

My house is small and what once has gone from it can never be regained.

But infinite is thy mansion, my lord, and seeking her I have come to thy door.

I stand under the golden canopy of thine evening sky and I lift my eager eyes to thy face.

I have come to the brink of eternity from which nothing can vanish—no hope, no happiness, no vision of a face seen through tears.

Oh, dip my emptied life into that ocean, plunge it into the deepest fullness. Let me for once feel that lost sweet touch in the allness of the universe.

在毫無希望的希望當中，我開始在自己房子的每一個角落裡找尋她；最後，一無所獲。

我的房子實在太小了，事物一旦消逝，就再也無法找回。

但是，我的主啊，你的府邸卻是無邊廣大，為了找到她，我必須來到你的門前。

我站在那暮靄籠罩的黃金般的天穹下，向你抬起了我飢渴的雙眼。

我來到了這永恆的邊緣，此處，萬物圓滿 —— 沒有空虛的希望，也無所謂人間的歡場，更沒有一張透過淚眼觀望的人的臉龐。

呵，就把我空虛的生命浸入到這個海洋裡吧，把它投進那最深最深的圓滿當中。讓我進到宇宙的全然裡面，感受一次，那曾經失去的、最是甜美的接觸吧！

88

Deity of the ruined temple! The broken strings of *Vina* sing no more your praise. The bells in the evening proclaim not your time of worship. The air is still and silent about you.

In your desolate dwelling comes the vagrant spring breeze. It brings the tidings of flowers—the flowers that for your worship are offered no more.

Your worshipper of old wanders ever longing for favour still refused. In the eventide, when fires and shadows mingle with the gloom of dust, he wearily comes back to the ruined temple with hunger in his heart.

哦，破廟裡的神啊！維那琴的琴弦已斷，它再也不會
彈唱那些獻給你的讚歌了；晚禱的鐘，也不再宣告禮
敬你的時間。你的四周，空氣已經凝固，一切趨入沉
寂。

春日的微風如同遊盪的浪子，它曾拜訪過你孤獨的寓
所，它也帶來了花的潮汐 —— 那些用作膜拜你的香
花，已經不再有人來此供奉了。

你的膜拜者，唯有那些衰老的流浪漢，他們永恆的飢
渴尚未被最後滿足。黃昏時分，當光與影混雜於灰暗
的塵土之際，這些人會帶著心靈的困乏，疲憊不堪地
返回這座破敗的廟宇。

吉檀迦利

Many a festival day comes to you in silence, deity of the ruined temple. Many a night of worship goes away with lamp unlit.

Many new images are built by masters of cunning art and carried to the holy stream of oblivion when their time is come.

Only the deity of the ruined temple remains unworshipped in deathless neglect.

破廟裡的神啊，眾多的節日，都在你的寂寞中走過。
多少個沒有燈火的崇拜之夜，也都一一消殞無蹤。

藝術的大師，技藝精湛，他們次第造就嶄新的神祇；
當日子到了，它們又被次第扔進遺忘的聖河。

只有你，破廟裡的神啊，你存在於不朽的被忽略當
中，遺忘於無人禮拜的寂寞與淒涼裡面。

89

No more noisy, loud words from me—such is my master's will. Henceforth I deal in whispers. The speech of my heart will be carried on in murmurings of a song.

Men hasten to the King's market. All the buyers and sellers are there. But I have my untimely leave in the middle of the day, in the thick of work.

Let then the flowers come out in my garden, though it is not their time; and let the midday bees strike up their lazy hum.

Full many an hour have I spent in the strife of the good and the evil, but now it is the pleasure of my playmate of the empty days to draw my heart on to him; and I know not why is this sudden call to what useless inconsequence!

我再也不去高談闊論了 —— 這是我的主，你的旨意。
從那時候開始，我便低聲細語，我心裡的話語，要用
歌聲把它吟唱出來。

人們行色匆匆，都要趕往國王的市場那邊去，所有的
買者和賣者都相聚在那裡。但我，卻在工作最繁忙的
正午時分，早早離開。

那麼，請讓花朵就在此時開放於我的花園當中吧，儘
管花時未至；請讓正午的蜜蜂，於我的花園裡面，奏
響它們慵懶的音聲吧。

我曾經用大把大把的時間，花在了善惡的交戰當中；
然而現在，正是我那於閒暇時分攜手的玩伴的歡愉，
把我的心吸引到了他那裡去。我也不知道這突然的召
喚，究竟會成就哪種何等奇妙的境界。

90

On the day when death will knock at thy door what wilt thou offer to him?

Oh, I will set before my guest the full vessel of my life—I will never let him go with empty hands.

All the sweet vintage of all my autumn days and summer nights, all the earnings and gleanings of my busy life will I place before him at the close of my days when death will knock at my door.

當死神來鄭重敲門的時候，你將貢獻什麼於他呢？

呵，我要在我尊貴的客人面前，斟上我滿滿的生命杯盞，我絕不會讓他空手而歸。

我所有秋日和夏夜的甘美收穫，我忙碌一生所賺得、所收集的一切，在死神叩門的終結之日，我要全部呈獻在他的面前。

我所有秋日和夏夜的甘美收穫，

我忙碌一生所賺得、所收集的一切，

在死神叩門的終結之日，

我要全部呈獻在他的面前。

91

O thou the last fulfilment of life, Death, my death, come and whisper to me!

Day after day have I kept watch for thee; for thee have I borne the joys and pangs of life.

All that I am, that I have, that I hope and all my love have ever flowed towards thee in depth of secrecy. One final glance from thine eyes and my life will be ever thine own.

The flowers have been woven and the garland is ready for the bridegroom. After the wedding the bride shall leave her home and meet her lord alone in the solitude of night.

呵，你這生命最後一步的圓滿，死亡，我的死亡，來對我低聲耳語吧！

我日日夜夜地守候著你。為了你，我甘心忍受生命當中所有的無常悲喜。

我的一切存在、一切擁有；一切的希望和一切的愛，總是在最幽深的密徑當中，一直向你奔流過去。當你的眼神向我投下了那最後一瞥，我的生命就被你完全地佔有。

如今，花環已經編好，婚禮過後，新娘就得離開她自己的舊家，在靜靜的夜色當中，她要和她的主人單獨相會了。

92

I know that the day will come when my sight of this earth shall be lost, and life will take its leave in silence, drawing the last curtain over my eyes.

Yet stars will watch at night, and morning rise as before, and hours heave like sea waves casting up pleasures and pains.

When I think of this end of my moments, the barrier of the moments breaks and I see by the light of death thy world with its careless treasures. Rare is its lowliest seat, rare is its meanest of lives.

Things that I longed for in vain and things that I got—let them pass. Let me but truly possess the things that I ever spurned and overlooked.

· · · · · · · · · · · ▪ ▪ ▪ ▪ ▪ ▪ ▪ ▪ ▪

✿

我知道，這個日子終將到來，我眼中的塵世人生，就這樣漸漸消殞。生命於沉寂當中，向我做了最後的辭別，拉上它的帷幕，蓋住我的雙眼。

但是，繁星一樣會在夜中守護，晨起的天光也會照常來臨，而時間就像翻湧的海浪，繼續激起人世的種種歡樂與哀傷。

當我想到了我時間的終點，那道神祕的屏障便破裂了。我在死之光輝當中，見到了你的世界充滿著此世被丟棄的無窮珍寶。那最低的座位，恰恰最為稀奇；那最是卑賤的人生，原來最為罕見。

我曾經苦求而未得，我曾經一勞便得償所願──讓這些都過去吧，那些我一直輕視、一直忽略的事事物物。

· · · · · · · · · · · · ▪ ▪ ▪ ▪ ▪ ▪ ▪ ▪

93

I have got my leave. Bid me farewell, my brothers! I bow to you all and take my departure.

Here I give back the keys of my door—and I give up all claims to my house. I only ask for last kind words from you.

We were neighbours for long, but I received more than I could give. Now the day has dawned and the lamp that lit my dark corner is out. A summons has come and I am ready for my journey.

· · · · · · · · · · · · · · · · · ● ●

❁

我必須上路了，弟兄們，請為我餞行吧！向你們所有
人鞠躬之後，我就應當啟程了。

我交還了我門上的鑰匙 —— 交還了房子的所有許可
權。如今，我只請求你們最後的幾句話語，便要開始
趕我的前路了。

我們做過很久很久的鄰居，但是，我接受的多，給予
的少。現在天已破曉，我黑暗屋角的燈火已經吹滅，
召命已至，我準備遠行了。

· · · · · · · · · · · · · · · · · ● ●

94

At this time of my parting, wish me good luck, my friends! The sky is flushed with the dawn and my path lies beautiful.

Ask not what I have with me to take there. I start on my journey with empty hands and expectant heart.

I shall put on my wedding garland. Mine is not the red-brown dress of the traveller, and though there are dangers on the way I have no fear in my mind.

The evening star will come out when my voyage is done and the plaintive notes of the twilight melodies be struck up from the King's gateway.

在我動身的時刻，我的朋友，請祝福我一路順風吧！
天空裡晨光輝煌，我的前路是美麗的。

不要問我帶些什麼到那邊去。我踏上的這趟旅程，只
攜帶空空的雙手和一顆渴慕的心。

我要穿戴婚禮上的花環，我披上的不是紅褐色的行
裝。雖然道路曲折，不免關關險阻，但我的心頭卻毫
無畏懼。

在我旅途的盡頭，將會閃現傍晚的星光，從那位國王
府第的門庭裡，會傳來黑夜的旋律，音樂的調子低沉
而哀傷。

吉檀迦利

95

I was not aware of the moment when I first crossed the threshold of this life.

What was the power that made me open out into this vast mystery like a bud in the forest at midnight!

When in the morning I looked upon the light I felt in a moment that I was no stranger in this world, that the in scrutable without name and form had taken me in its arms in the form of my own mother.

Even so, in death the same unknown will appear as ever known to me. And because I love this life, I know I shall love death as well.

The child cries out when from the right breast the mother takes it away, in the very next moment to find in the left one its consolation.

起初，當我跨過這道生命的門檻之際，我毫無知覺。

究竟是什麼樣的力量，讓我在這無邊的神祕裡面開放，像一朵嬌嫩的花蕊，綻放於午夜的森林！

在清晨醒來，我看到了這光明，我立刻發覺，在這個世界，我並不是一個陌生的人。不可思議、無可名狀的那一位，她已經以我母親的形象，把我擁入了懷中。

是的，就是這樣，在死亡裡面，這同一位不可知者也會以我熟識的面容出現。因為我愛上這個生命，我知道，我也一樣地會愛上死亡。

當母親將她的右乳從嬰兒的口中拿開，他嚎啕大哭，但他立刻又會從母親的左乳，得到了屬於他的那一份安慰。

96

When I go from hence let this be my parting word, that what I have seen is unsurpassable.

I have tasted of the hidden honey of this lotus that expands on the ocean of light, and thus am I blessed—let this be my parting word.

In this playhouse of infinite forms I have had my play and here have I caught sight of him that is formless.

My whole body and my limbs have thrilled with his touch who is beyond touch; and if the end comes here, let it come—let this be my parting word.

我所見過的都是無與倫比的。當我臨走的時候，就以之作為我的話別吧。

我曾品嘗過光明海上開放的蓮花裡面隱藏的花蜜，我也因此受到了祝福——就以之作為我的話別吧。

在這氣象萬千、形象無窮的宏大戲場裡面，我已經認真遊玩過了；就是在這裡，我還有幸瞥見了無形無相的他。

我的整個身體與四肢百骸，曾因那無須觸碰而到來的撫摸，不由渾身戰慄。假如此刻死亡降臨，那讓它來吧——就以之作為我最後的話別吧。

97

When my play was with thee I never questioned who thou wert. I knew nor shyness nor fear, my life was boisterous.

In the early morning thou wouldst call me from my sleep like my own comrade and lead me running from glade to glade.

On those days I never cared to know the meaning of songs thou sangest to me. Only my voice took up the tunes, and my heart danced in their cadence.

Now, when the playtime is over, what is this sudden sight that is come upon me? The world with eyes bent upon thy feet stands in awe with all its silent stars.

當我和你一同遊戲的時候，我從來沒有問過你是誰。
我不懂得羞怯，也毫不懼怕，我的生活無比歡騰。

在清晨，是你來把我喚醒，像我自己的夥伴一樣，帶
著我穿過了林間野地。

那些時光，我從未細想，要去了解你對我吟唱的那些
歌曲的意義。我的聲音只是隨調附和，我的心則是踏
歌起舞。

現在，遊戲的時光已盡，這突然出現在我眼前的情景
是什麼呢？世界垂下了它的帷幕，只是俯首於你的蓮
花雙足，與所有蕭穆的群星一道，在敬畏中默默站
立。

98

I will deck thee with trophies, garlands of my defeat. It is never in my power to escape unconquered.

I surely know my pride will go to the wall, my life will burst its bonds in exceeding pain, and my empty heart will sob out in music like a hollow reed, and the stone will melt in tears.

I surely know the hundred petals of a lotus will not remain closed for ever and the secret recess of its honey will be bared.

From the blue sky an eye shall gaze upon me and summon me in silence. Nothing will be left for me, nothing whatever, and utter death shall I receive at thy feet.

我要以我的失敗，作為你的花環與戰利品來妝點你，逃避以不接受你的征服，我沒有這個權利。

我確實知道我的傲慢會碰壁，我的生命將因極度的痛苦而炸裂，我空虛的心會像一支空空的蘆笛發出的嗚咽哀音，在淚水當中，連頑石也開始融化了。

我確實知道蓮花的一千個花瓣不會永遠閉合，深藏其中的花蜜也定將顯露。

在高處的碧空，有一隻眼睛凝視著我，它默默地將我召喚。我將一無所有，徹底地一無所有，並將從你腳下領受這絕對的死亡。

99

When I give up the helm I know that the time has come for thee to take it. What there is to do will be instantly done. Vain is this struggle.

Then take away your hands and silently put up with your defeat, my heart, and think it your good fortune to sit perfectly still where you are placed.

These my lamps are blown out at every little puff of wind, and trying to light them I forget all else again and again.

But I shall be wise this time and wait in the dark, spreading my mat on the floor; and whenever it is thy pleasure, my lord, come silently and take thy seat here.

❀

我放下了掌舵的圓盤，我知道，你接管的時候已經到了。當完成的事就立即完成，抗拒與掙扎是徒勞的。

我的心啊，那就請把你執著的雙手拿開，默默地接納你的失敗吧，當我想到，我能在你設下的位置上安坐，這將會是一件何等榮耀的幸事。

我的幾盞燈火曾被一陣陣的輕風次第吹滅了，為重新點燃它們，我總是忘卻了其餘的事情。

但這一次我要聰明一些，我要把席子鋪在地上，在黑夜當中坐守著你。我的主人，什麼時候你高興了，就請悄悄地過來，請在我鋪好的位置上坐下來吧。

100

I dive down into the depth of the ocean of forms, hoping to gain the perfect pearl of the formless.

No more sailing from harbour to harbour with this my weather-beaten boat. The days are long passed when my sport was to be tossed on waves.

And now I am eager to die into the deathless.

Into the audience hall by the fathomless abyss where swells up the music of toneless strings I shall take this harp of my life.

I shall tune it to the notes of for ever, and, when it has sobbed out its last utterance, lay down my silent harp at the feet of the silent.

我潛入了那形象豐富的深海，希望得到那無形無相的完美珠寶。

我不再以我那久歷風雨的舊船行遍天涯，我搏擊風浪的歲月已經遠去。

現在，我希望死於不死當中。

我要拿著我生命的豎琴，走進那廣袤的音樂大廳，那裡迴盪著沉默的音樂，那裡有著無可測度的深淵。

我要給我的琴弦調出音調來，好與那永恆的音樂彼此合拍。當它發出了那最後的幽幽餘音，就把我這緘默的豎琴，一併放在了你的腳邊，歸於沉寂。

101

Ever in my life have I sought thee with my songs. It was they who led me from door to door, and with them have I felt about me, searching and touching my world.

It was my songs that taught me all the lessons I ever learnt; they showed me secret paths, they brought before my sight many a star on the horizon of my heart.

They guided me all the day long to the mysteries of the country of pleasure and pain, and, at last, to what palace gate have they brought me in the evening at the end of my journey?

我這一生，永遠是用詩歌來尋找你。也是因為對你的這種尋找，使得我從一地到另一地，從一扇門到另一扇門，借由它們的吟唱，我感受著自己，並探索、觸摸著自我的世界。

我所學得的功課，都是詩歌教給我的；它們把生死的密徑指示給我，並把我心靈地平線上高懸的繁星，呈現在我的眼前。

它們用整個白天來帶領我，帶我走進那悲喜交集的神祕國度。最後，在我旅程的終了，那黃昏時分，它們會把我帶入哪一座宮廷的大門呢？

102

I boasted among men that I had known you. They see your pictures in all works of mine. They come and ask me, "Who is he?" I know not how to answer them. I say, "Indeed, I cannot tell." They blame me and they go away in scorn. And you sit there smiling.

I put my tales of you into lasting songs. The secret gushes out from my heart. They come and ask me, "Tell me all your meanings." I know not how to answer them. I say, "Ah, who knows what they mean!" They smile and go away in utter scorn. And you sit there smiling.

在眾人面前，我曾誇口說自己認識你。在我所有的畫
作當中，他們看到了你的畫像。於是，他們走過來問
我道：「告訴我，這畫像裡面的人是誰呢？」我不
知道該怎樣回答。我說：「其實，我也無力說出他
來。」他們便責備我，不屑地走開了。而你，卻坐在
那裡只是微笑。

我把你的事蹟，寫進了永恆的詩歌，而在我的心中，
卻奔湧著各樣的祕密。於是，他們走過來問我道：
「告訴我，這詩歌裡面的所有意義。」我不知道該怎
樣回答。我說：「呵，誰知道那是什麼意思呢！」他
們便取笑我，輕蔑地走開了。而你，卻坐在那裡只是
微笑。

103

In one salutation to thee, my God, let all my senses spread out and touch this world at thy feet.

Like a rain-cloud of July hung low with its burden of unshed showers let all my mind bend down at thy door in one salutation to thee.

Let all my songs gather together their diverse strains into a single current and flow to a sea of silence in one salutation to thee.

Like a flock of homesick cranes flying night and day back to their mountain nests let all my life take its voyage to its eternal home in one salutation to thee.

呵，我的主人，在我向你敬拜之時，請讓我全部的感覺，都能夠舒展開來，去觸摸你腳下的這個世界。

如同七月潮濕的雨雲，帶著那未墜的雨點，低低垂下；在我向你敬拜之時，讓我全部的心意，也能夠垂首拜倒在你的門前。

讓我所有的詩歌，匯聚成一股曲調不一的洪流，在我向你敬拜之際，讓它能夠注入那一片寂靜的目的之海。

如同一群思鄉的天鶴，在日夜兼程地飛回它們的巢穴；在我向你敬拜之時，也讓我全部的生命，能夠得以啟程，返回到它那永恆的家園。

讓我所有的詩歌，匯聚成一股曲調不一的洪流

附錄一

泰戈爾於一九二一年的諾貝爾
文學獎答謝詞

　　我很高興，我終於能夠如願以償，來到了你們的
國家，可以利用這樣一個機會，向你們表達我對你們
一直心存的感激之情，感謝你們授予的榮譽，通過這
個諾貝爾獎，我長年的工作得到了肯定。

　　我記得是那天的午後。當時，我收到了英國出版
商發來的一封電報，說這個諾貝爾獎是授給我的云
云。彼時，我正居住在加爾各答郊外的聖迪尼克坦的
學校裡面。這個學校想必諸位今日也是知道的。

　　那時候，我們正在趕往附近的一座森林裡面，要
去參加一場派對。當我路過郵局的郵政辦公室時，一
個人疾步跑來，到了我們面前，手中拿著那封自遠方
來的電報。在我的同一輛馬車上，還有一位來訪的英
國客人，他剛好與我坐在一起。開始我不認為這個電
報的資訊有何等重要的意義，故我當時只是習慣性地
把它塞入了我的口袋，心想到達目的地時，我自然

會讀它。但我的這位訪客卻認定內容甚是緊要，催促我打開，說是一個重要的電報。於是，我便打開了它……就這樣，我閱讀到了這個連我自己也幾乎不敢相信的消息！

最初一讀，我以為是此電報的語言可能存在問題，致使我生出了一種僭妄的誤解，但最後，我確信這是一件真事！而且，你們也頗是容易理解，這個消息，對於我的學校和我的老師們，對於我們的那些孩子，這又該是何等重大的驚喜啊！它比其他任何的事情都更深刻地觸動了當時的我，我曾為這些愛我、同時又被我深愛著的孩子們感到驕傲，他們對這份意外的獎金亦是滿揣敬意。我意識到我的同胞們也將會與我一同分享此份被授予的榮耀。那天下午的其餘時光，人們可以想像，我們都在這種激動的心情中度過，直至夜晚臨到。當我一個人時，我獨自坐在了露臺上，不禁捫心自問，究竟是什麼樣的緣故，使我的詩歌被西方的世界所接受，並得到了這份殊榮？儘管我們分屬不同的種群，自小又被海洋和巨大的山脈分隔開來。我可以向你們保證，那時我並不是基於起初的那份興奮，而是對我自己真實內心的一份質疑，我在那一刻，的確是充滿了謙卑。

　　我還記得，自我甚為年輕的時日起，我的工作是怎樣發展與起步的。二十五歲左右，我曾經在孟加拉的鄉間，坐落於恒河河畔的一座船屋裡，過一種離群索居的隱遁生活。我唯一的同伴，想必就是那來自喜馬拉雅山的聖湖裡、於秋風中飛翔的野天鵝了。在這樣的孤獨中，又是如此開闊的天地，明媚的陽光如同美酒，我似乎是飲醉了，流動的河水常做低吟的耳語，與我訴說著種種祕密的情話，告訴我自然的真相。而且，我在這份夢境一般的孤獨中，時光飛逝。後來，我把這種經驗訴諸形象，通過雜誌和報紙，將我於大自然中漸次學得的思想，傳遞給了加爾各答的公眾們。

　　你們完全可以明白，這是一種與西方的文明世界截然有別的生活樣態。我雖然不太確定，你們西方的詩人或作家是否也是通過這類絕對的隱居方式，度過自己青年時代最為重要的時光。但我幾乎可以肯定它是稀罕的，因為隱居與獨處本身，在西方的文明世界中並沒有什麼地位。

　　而我的生活就是這樣過來的。那些日子，我對於大多數的同胞來說，都是以一個模糊的人存在著。我的意思是說，我的名字在我自己所屬的孟加拉地區以

外，幾乎無人知曉。但是，我十分滿意於這種狀態，它使我避開了人群的好奇與時代的喧囂。

然後，我又來到了另外一個階段，我的心開始感到一種焦渴，我想從孤獨中走出來，為我的同胞們做一些有益的事情。而不僅僅是為我自己的夢塑造種種形狀，冥思自家生命的謎境，不是的，我想通過一些更為明確的工作，一些固定的事業對我同胞們的服務，來表達我的人生理想。

其中，來至我腦海裡面的一樁事情，一份工作，就是對孩子們進行教育。這倒不是因為我特別勝任於這樣一份教育事業，原因也許恰恰起於我自己沒有享受到常規教育的好處。有一段時日，我曾猶豫著要不要當真從事這樣一份工作。但我覺得，因為我對自然懷有深愛，所以，我也自然會喜歡上那些孩子。我啟動這所學校的初願，正是想給予人類的孩子以充分的快樂、充分的生活，以及充分的與大自然交融的自由。在我自己年幼的時候，我曾遇到了大部分男孩在上學時遇到過的障礙，而且，我不得不接受那種機械刻板的教育，那種教育使得孩子們對快樂、對生命的自由不可扼制的渴望受到了深度的壓抑。而我的教育之初心與啟念，其目的正是為了還給人類的孩子以自

由和快樂。

於是，我的身邊便有了這麼一群孩子，我教育他們，我試圖讓他們開心。我既是他們的玩伴，也是他們的朋友，我分享和參與著他們的生活，我甚至覺得自己是這個群體當中最老的小孩，我們彼此都在這種自由的氣氛中，一起長大、一起成熟。

孩子們的快樂與活力，孩子們的閒聊與歌唱，全都充滿了歡樂的精神，在那裡，我每個白日都在啜飲著這份歡樂。而在傍晚，日暮時分，我又經常一個人獨坐著，望著林蔭道的樹木灑下了陰影，在那種靜默中，我還可以清晰聽到孩子們於空氣中一直流盪不已的回聲。在我看來，這些喊聲、歌聲與歡笑的聲音，就像那些高大的樹木，它們是自地心中生長出來的，如同生命的噴泉一般，直指天空那無限的懷抱。它是一種象徵，它鼓舞了我的思想與意志，人類生活中的一切呼喚──從人類的心靈，到這個無垠的蒼穹，把人的所有歡樂和願望都一起表達了出來。我可以看到，我也知道我們所謂的大人，也只不過是「成了年的孩童」罷了，我們一樣在向無限伸出手掌，發出自己的呼求與飢渴。在自己心靈的深處，我一再地感受到了這一點。

　　在這種氣氛與環境中，我完成了我的詩集《吉檀迦利》，我在印度的天空布滿輝煌星子的夜中，常把這些歌唱給自己聽。在晨光中，在午後的閒暇裡，在日落時的暮色中，我曾一一地把它們寫下，直至新一日的到來，我感到了那種創造的衝動，我遇見了廣大無邊的世界的心靈。

　　我可以明白的，當我從自己的隱居生活中走出，進入這些快樂的孩子們中間，為我的同胞們做事服務之時，只不過是我向著一個更大的世界朝覲的前奏而已。我感到了深心的此種大願，從此間走出，最終進入西方的人性，與其正面相遇。因為，我意識到當前的這個時代正屬於浮士德式的文明。整個世界被開發出來的嶄新力量，正越過其所有的界限，闊步前行，資訊傳遞給了更偉大的將來。我覺得自己必須在有生之日，來到這裡，與聖壇上的那一位相會。此神聖的存在界自有他的居所。而且我以為，擁有一切權力和生命意志的神聖者，目前正居住在此地。

　　於是，我從自己的世界裡面走了出來。那時，我已經用孟加拉語寫畢《吉檀迦利》，並將它們翻譯成了英文。其實當時並無任何出版之意圖，畢竟完全掌握這種語言是困難的。但是，當我來到西方之時，我

是帶著自己的那份英譯手稿來的。而且你們已經知道的，英國那些慷慨的朋友們，當這些詩被擺放在他們的面前，那些有機會閱讀到原稿的人們便表示出了他們的讚賞與肯定。我馬上被接受了，西方的心靈沒有片刻的怠慢，立即向我開放！

對我來說，這毋寧說是一個奇蹟，在我的生活中，有幾近五十年左右，是遠離各種活動，尤其是遠離西方世界的，而我卻幾乎在一剎那間，被西方當作是自己的詩人接受了。這是令人驚詫的，但是，我又覺察這一現象可能還蘊含著更為深廣的意義。那些年，我一個人在遠離塵囂的隱居中度日之際，與西方的生活和西方的精神毫不相干。由於這一點，最後卻給他們帶來了更深層的安詳、寧靜與永恆的感覺。這些感覺，正是西方過度活躍的生活所需要的。在他們的心靈至深處，正渴望著寧靜，渴望擁有無限的安詳。從青年時代開始，我所接受的訓練，便使我的繆斯與絕對孤獨的恆河水岸相協並奏。那些年的平安已經存在於我的秉性之內，所以我可以把它們清晰地表達出來，並拿到西方的世界面前，我的此種供奉亦令眾人懷著感激之情來接納。

當然，我也深知一點，自己並非作為個人的身分

284

來接受這份獎賞與榮耀的，而是我裡面的東方，將它自己的精神饋贈給了西方之後的回報。是不是作為精神人性的東方母親與作為西方孩童的關係？是不是在後者的遊戲和玩樂中受傷了，或是當他們飢餓了，把他們自己的臉轉向了那個寧靜的東方母親？他們希望自己所需的食糧來自她嗎？或是當他們經由一日的勞作，終於疲累了，在夜的靜謐中休整一下？而且，他們最終會失望嗎？

幸運的是，當我走出自己隱遁生涯的這個時刻，也正是西方再次把它的臉轉向東方的時候，它正在尋找一種滋養。因為我有幸代表了東方，我便從東方的朋友那裡得到了這份獎賞。

我可以向你們保證，你們所頒發給我的獎品，我沒有將其中的任何一部分耗費在我自己的生活中。作為個人，我以為我是沒有權利接受的，所以我已經把它用在了別處。我將它獻給了我們東方的孩童與學生。但是，這就像是一粒種子，放入了大地的心中，它將會再次開放給那些播種者的，他們的利益，便是收穫成倍的豐熟果實。後來，我又得此筆獎勵的款項之助，建起了一所大學，並維繫這所大學的運作。在我看來，這所大學理應是一個歡迎西方的學生到來，

會見他們東方兄弟的好地方，在那裡，他們可以並肩勞作，一起尋覓在東方已經隱匿了數百年的古老寶藏，並且，終有一日把東方的靈性源頭向世界揭示出來，而這正是當前所有的人類所必需的。

　　或許，我可以提醒你們一點的是，印度在她文明最輝煌鼎盛的時期，曾經也有過一所偉大的大學。當一盞明燈被點亮，它的光芒是不可能只侷限在狹小的空間之內的，它是為了整個世界而點亮起來。印度有她自己的文明，帶著其所有的輝煌、所有的智慧與財寶。它不僅僅是為了自己的孩子而起了作用，它必是廣開門庭，接待來自四面八方的各個族群。中國人、日本人、波斯人，各族人群都來了，他們有機會在印度獲得他們所認定的好東西，印度也供奉出了給予一切時代、給予一切人類享用的最好物品。她展示了她的慷慨。你們也是知道的，在我們的國家傳統之中，老師從來不接受從學生那裡而來的任何物質性的費用作為教育的酬報。因為，在我們印度，擁有知識的人，他應當有責任將知識傳授給自己的學生。這不僅僅是為了那些拜入門庭的學生及門人，為答覆他們向老師的虛心求教；而且，這更是那些導師自身的天職，他們必須將自己所擁有的最好禮物，向所有需要

的人們提供出來，借此實現與圓滿自己的人生使命。
因此，正是此種自我表達的方式，把印度千百年來儲
存起來的東西提供出最好的部分作為贈禮成為可能，
這也正是各種大學的真實起源，它們在印度的不同省
分開始發展起來。

　　我覺得，我們今天所遭受的最大痛苦，並不是其
他的災難，而是人與人之間的彼此隔絕、彼此隱瞞的
災難，我們已經錯過了提供人性的善意、請求世界分
享我們所擁有的最好東西之良機。在一個多世紀以
前，當我們與西方的民族最初接觸之際，發現西方的
物質成就遠遠凌駕於東方的人文與東方的文物，我
們遽然對自己的文明失去了信心，進而在教育的設置
中，也沒有為我們自己的文化騰出一席之地。故而百
多年以來，我們的學生對自己過去的文明價值完全無
知。因此，我們不僅失去了與隱藏在我們自己文化遺
產中的偉大事物接觸的機會，也一併失去了我們曾
經所擁有的那種「贈與」的崇高榮譽，以證明我們的
存在不僅僅是一種向他者的乞靈，不僅僅是文化的假
借，如同永恆的學徒那般，徒然地活在世上。

　　但是，時代已經來臨，故我們再不能錯失良機
了。我們必須傾盡全力，把我們自己所擁有的奉獻出

來，而不再是從一個世紀到另一個世紀，從一個地域
到另一個地域，擺在別人面前的盡是我們的貧窮與無
助。我們知道，我們為之驕傲的，乃是我們從自己的
祖先那裡繼承下來的東西，這種贈與的機會不應該再
次錯失——它不只是為了我們的人民，更是為了整個
人類。這就是原因，這也致使我決心創建一個國際性
的組織，令西方和東方的學生可以在彼處相會，分享
著共同的精神盛宴。

因此，我可以自豪地說，你們所給予我的這種獎
勵，我已經讓它服務於此種崇高的目的，它為之提供
了巨大的幫助，這已經讓我於腦海裡牢牢記住了，最
終使我再次來到了你們西方的國度，讓我有幸向你們
發出邀請，邀請你們一同奔赴宴席，遙遠的東方在恭
候著你們的到來。我希望我的邀請不會被拒絕。我已
經拜訪了不同的歐洲國家，我的邀請也得到了熱情的
回應。這種回應有它自身的意義：西方需要東方，正
如東方需要西方一樣，所以，這個時刻終於到來了，
是應該讓它們好好會面的時候了。

所以，我很高興自己正處身於這樣一個偉大的時
代與偉大的時刻；而且，我尤為榮幸的是，當東西方
匯聚在一起的時候，我自己所完成的一些作品，正好

為這個偉大的時代給出了一些表達。它們正在彼此走近，它們正在彼此相會，它們彼此邀請，攜手共建嶄新的文明和未來的偉大文化。

我相信，通過我個人的寫作，這樣的一些想法也已經傳遞到了你們這裡，即使經由不免晦澀模糊的一些譯文。有些觀念，同屬於東西方；有些觀念，源起東方，而傳至西方，要求在這裡駐留，要求它的居所，希望被西方世界所接納。如果在我的作品中，我若是有足夠的幸運，充當了傳遞此一時代、此種需求的解釋者的聲音，那麼，我自當深深地感謝你們，是你們給了我這份無上光榮的禮遇。確實，我從瑞典所得到的這份確認，已經把我和我的作品帶到社會的公眾面前，雖然這也給我帶來了一定程度的麻煩。它已然打破了我個人所習慣的隱居生活，把我帶到了我從未熟識的龐大人群面前，而我，至今尚未完全適應這種調整。當我立在西方世界那些宏大的講演大廳前面時，我的心不免忐忑。我還真的沒有習慣以你們的讚美與敬重的方式所給予我的巨大禮物。當我站在你們的面前，我感到了如此羞慚和緊張——譬如，現在的我便是如此。但我必須說的是，感謝你們，給了我這樣一份偉大的殊榮，讓我有幸成了一個連結的工具，

團結起東西方的心靈。故此，我當盡我此生，繼續履行這一光輝使命。我必須傾我所能，我必須平息東西方的怨恨，我必須努力地行動，努力地做事，而正是基於此種目的，我建立了那所國際大學。

我從不認為印度的精神是拒斥性的，拒斥任何的種族，拒斥任何的文化。印度的精神歷來都是宣揚合一的理想。這種合一的理想從不拒絕任何的事物、任何的種族或文化。它理解與綜合著一切，這也一直是我們精神勞作的最高目標：能夠用一個靈魂來貫通一切、來理解一切是其所是的存在，而不是把任何事物與整個宇宙隔離——以同情和愛的方式理解一切，這才是印度的真精神。現在，於目前的政治環境之下，也曾令同屬偉大印度的某些孩子深為不安，他們呼籲抵制西方的文明，看到這種現象，我頗為傷感。我覺得這是一門大功課，他們應當從西方那裡好好學習，這是你們已經完成了的使命。而印度的存在，理當團結起所有人類之族群、所有人類之文明。

但是，因為各種各樣的原因，我們在印度並沒有完成種群的團結。我們的問題也是今日全人類的問題，都落在了不同的種族與彼此的差別上來。我們有二元論，我們有穆罕默德主義，我們還有各式各樣的

印度教的信徒，以及各種宗派與社區。所以，沒有任
何流於表面的政治協定可以吸引我們，可以滿足我
們，對我們來說是實實在在的。故我們所能做的，必
須走得更遠更深，我們必須發現最深層次的統一，不
同族群之間的那種一貫的精神連結。我們必須深入人
類的基本精神，找出所有的族群，而且人人皆是擁有
那種偉大的團結統一之紐帶。

就此而言，我們的準備是充分的。我們已經繼承
了我們祖先的不朽作品，那種宣揚合一與同情精神的
偉大聖者，他們曾說：「凡認識眾生即己身，親證眾
生即本我的人，他已經實現了真理。」這一箴言必須
再次得到強調，它不僅屬於東方的孩子，也是西方
的孩子必須加以實踐的。他們必須一起深省這些偉大
的、不朽的真理。人的存在，不是為了與其他族類、
其他的個體進行戰鬥，而是借由他的工作，以實現存
在界的和解與和平，重建友誼與愛的紐帶。我們不是
好鬥的獸族。正是傲慢在我們生活中佔據了主導地
位，才造成了諸多隱患，引起了痛苦，帶來了嫉妒和
仇恨，還帶來了政治與商業的惡性競爭。所有的這些
幻覺終將消失無蹤，如果我們步入心靈的聖殿，步入
所有族群的愛與團結的深處的話。

　　對於印度負有的這一份偉大的使命，我已經在我
們的大學裡面開始實踐了。現在，藉此良機，我正好
可以邀請你們，希望你們光臨印度，與我們並肩攜
手，切勿僅僅因為我們而到來，更是為了讓你們自己
的學生和學者有此願望而來到我們的身邊，幫助我
們，把這所大學當作東西方文明的共同橋梁。願他們
能夠以自己的生命為之獻策建言，做出貢獻，讓我們
一起努力，使它富有生機，以代表這個世界永不可能
分割開來的真實人性。

　　為此，我已經來到了你們這裡。我藉此邀請你
們，我以人類統一的名義，以愛的名義，以神的名
義，正式向你們發出呼求。我邀請你們的到來，印度
與東方期待著你們！

一九二一年五月二十六日
斯德哥爾摩

附錄二

葉慈於一九一二年英文譯本
《吉檀迦利》序

1

前幾天，我對一位說孟加拉語的傑出醫學博士說：「我不懂德語，但是，如果一位德語詩人的譯文感動了我，我就會去大英博物館的圖書室，尋找相關的英文書籍，了解這位詩人的生平事蹟，了解他的思想歷程。但現在，儘管這些譯自羅賓德拉納特・泰戈爾的散文詩使我心潮起伏，這種閱讀經驗已是很多年沒有發生過了。然而，如果沒有在印度旅居的朋友告訴我一些資訊的話，我對該詩人的生平，以及使這些作品中可能的動人之處，簡直是一無所知。」

我的這種閱讀經驗，在這位孟加拉醫學博士看來，似乎是理所當然的，因為他說道：「我每天都會閱讀羅賓德拉納特，讀他的一行詩句，就可以忘卻世界上的一切煩惱。」

　　我說：「若在理查二世統治的時期，一位生活在倫敦的英國人，他閱讀佩脫拉克或但丁的英譯詩歌，但找不到任何一本輔助的書來解答他的迷惑，他可以詢問佛羅倫斯來的銀行家，或者來自倫巴底的商人，就像我現在向你發問一樣。而我現在所知道的全部，無非就是這本詩集，它是如此豐富，又如此單純，在你們的國家，新文藝的復興運動已經發生，可惜除了道聽塗說之外，我卻無從了解更多。」

　　他回答道：「我們也有其他的一些詩人，但沒有一位可以與羅賓德拉納特平起平坐。我們把這個時代稱為『羅賓德拉納特的時代』。在我看來，你們歐洲沒有一位詩人，像他在印度那樣負有盛名。他的音樂與他的詩歌一樣偉大，他的歌曲被人到處傳唱，從印度的西部，一直到說孟加拉語的緬甸地區。從他十九歲時，刊出他的第一部小說開始，他就非常著名；並且，當他年紀稍長時所寫的戲劇，至今還在加爾各答上演。我非常欽佩他生命當中的那種完整性。在他年幼的時候，他可以一整天坐在自己的花園裡，他書寫的都是大自然的事物；大概從二十五歲到三十五歲的光景，他曾遭遇巨大的悲痛，便用我們的孟加拉語，寫出了最美麗的愛情詩篇……」他略微一頓，　然後

帶著一種深情的語調,繼續說道:「我在十七歲的時候,讀到他所寫的愛情詩時的那份感激之情,語言是永遠也不能表達出來的。此後, 他的藝術越發深沉,逐漸呈現出了宗教與哲學的意味,人類的一切靈感與嚮往,人們在他的詩篇當中都能找到。而且,在我們的聖徒傳統當中,他是第一個既不拒絕塵世生活,又能夠把這種生活本身全然表達出來的人。這也就是為什麼我們那麼熱愛他了。」

也許,在我的記憶裡,我對他字斟句酌的用詞或有些微的改變,但這些確實都是他的原意,他還補充說道:「一些日子以前,羅賓德拉納特曾來到我們的一個教堂裡誦經禮拜 —— 我們的梵社也使用你們英文裡的『教堂』一詞 —— 那是加爾各答最大的廟宇,他的到來不僅使得廟裡面十分擁擠 —— 一些人甚至站到了窗臺上,而且,整條大街都是人山人海,變得水泄不通。」還有另外一些印度人來探望我,他們對泰戈爾這個人的尊敬,在我們的世界裡聽起來不免有些匪夷所思。在這裡,我們常常把偉大的與渺小的事物,一起隱藏在同樣的面紗後面,並以一種顯而易見的喜劇,以半真半假的貶損語氣來表達它們。甚至,當我們在建造宏偉的宗教建築之際,我們的話語當中可有

半句對我們自己偉人的敬畏之詞？

「每日淩晨三點——我知道，是因為我曾經看見過那種場面……」其中的一位印度朋友這樣告訴我說，「……泰戈爾就開始冥想，他一動不動，大概經過兩個小時，才於神性的沉思中甦醒過來。他的父親馬哈拉什，有時甚至會靜坐一整天，直至第二日的到來。有一次，他們航行在一條河流上，由於周圍的景致怡人，他立即陷入了冥想。掌船者只好泊船等待，八個小時之後，他們才繼續前行。」接著，他又給我介紹了泰戈爾先生的家族，好幾代偉人都從這個家族的搖籃裡面誕生。「今天，」他說道，「這個家族裡面就有葛貢德拉納特·泰戈爾和阿班尼德拉納特·泰戈爾，他們都是藝術家；而羅賓德拉納特的兄長德維金德拉納特·泰戈爾則是一位偉大的哲學家，松鼠會從樹枝間出來，爬到他的膝蓋，小鳥們則會飛到他的手上棲息。」我注意到，在這些印度人的思想裡面，有一種肉眼可以看得見的美，以及對意義的感受力，彷彿他們都信奉著尼采的學說——即我們不能相信道德或智力的美，因這些事物無論遲早，都不會在現實事物上留下它們的印跡。

我說：「在你們東方，你們知道如何維繫一個家

族的聲望於不墜。前些日子，一位博物館的館長曾指著一個黑皮膚的矮個子男人——那時，他手中正在整理著他們的中國印刷品——對我說道：『那是日本天皇世代相傳的遺產的鑑賞家，他是這個家族裡面這種角色的第十四代傳人了。』他回答道：「當羅賓德拉納特還是一個小男孩時，他就在自己的家裡受到那種文學和藝術的薰陶。」我想起了這些詩的豐富性與純粹性，不由地說道：「在你們國家，是不是也有很多宣傳式的文學、很多評論文章？我們常常必須這樣去做，特別是在我自己所屬的國家裡，以致於我們的思想漸漸停止了那種創造力，但我們卻一籌莫展。如果我們的生活不是持續地在競爭，我們就不會感覺有趣味；我們也不知道什麼是真正的善，我們找不到自己的聽眾與讀者。在我們的精力當中，大概有五分之四是耗在了與各種不良品味的戰鬥上，無論是同我們自己的大腦，還是與別人大腦裡面的那種趣味宣戰。」

「我理解的，」他回答道，「我們也有我們自己的宣傳式的寫作。譬如，在我們的鄉村裡面，人們常常在背誦從中古世紀的梵文改編而成的那種漫長的神話詩篇，它們也經常插入一些片段，告訴人們必須履行的人世義務。」

2

　　這些詩歌的譯稿，我隨身攜帶了好一些日子，我在火車裡面讀它，在公共汽車中，或者餐館裡面讀它。我時常不得不把它闔上，以免陌生人看到我那種受感動的樣子。這些抒情詩篇——據我那些印度的朋友告訴我，其孟加拉原文充滿了微妙的節奏，充滿著任何別的語言無法翻譯與傳遞的輕柔色彩，還充滿著詩韻與格律的新發明。

　　這些詩歌顯示了我畢生夢寐以求的境界。這是最高的文化成就，然而它們又像大地上的青草一樣，只是從普普通通的土壤裡面生長出來的。詩人所在的傳統，詩和宗教是一回事，而且歷經了很多個世紀，從知識階層與非知識階層那裡採集各種隱喻和情感，把學者和貴族的思想世界重新帶回到了普羅大眾那裡。如果孟加拉的文明從不間斷，如果普遍的心靈——猶如同一位神靈的一樣——可以流貫於眾生萬有，而不是像我們這裡，分化為十幾個彼此毫無同情與了解的心靈，那麼，即便是這些詩歌當中那種最為精妙的地方，幾代人過後，也仍然會傳遞到路旁的乞丐身上。當英格蘭只有一個心靈時，詩人喬叟寫出了他的史詩

《特洛伊羅斯與克瑞西達》，並認為自己寫出來僅是
供人們默讀或者高聲朗讀的，但是，他的這些詩篇還
是被吟遊詩人在民間傳唱了好一些歲月。

羅賓德拉納特・泰戈爾倒像是喬叟的先驅，他為
自己的作品譜曲，而且人們每時每刻都能夠理解這些
詩歌裡面的豐富性，且又如此自然，如此大膽奔放，
充滿諸多意外的驚喜，因為他在做的事情，從來不會
讓他們覺得奇怪，感覺不自然或者需要防範。這些
詩篇不會被裝訂成精美的小冊子，放在女士們的書桌
上，供她們慵懶的雙手來翻閱，然後又慨嘆著生命的
百無聊賴；這些詩篇也不是供那些大學裡的學生收藏
與攜帶的，等到他們的人生奮鬥才一開始，便全被丟
在了一邊。相反，而是隨著時間的流逝，旅人們在大
路上、舟子們在河岸邊，他們皆會詠誦與歌唱著這些
詩篇；戀人們在彼此等待的間隙，也會低首吟唱，並
且會發現，這裡面呈現出來的那種神聖的愛是一個神
奇的海灣，因為他們自己痛苦的激情，居然可以沐浴
其中，而重生青春的氣息。

在每一個時刻，這位詩人的心會向這些人打開，
並且毫無自貶身價、態度高傲之意，因為這些人會理
解它，因為它的裡面充滿了他們自己的各種生活情

境：一位身穿褐色衣裳的旅者，身上塵土落滿，也不
會使他難堪；一個在自己的床上尋找花瓣的女孩，而
這些花瓣則是從她尊貴情人的花環上掉落下來的；
在空空的房子裡面，僕人或新婦正在等待著主人的歸
家——這些都是人心渴慕神明的形象。鮮花與河流，
海螺的吹響，印度七月的滂沱大雨，或者是那種灼熱
的酷暑——這些則都是表達心靈在結合或分離時的複
雜心情。而一位孤坐河岸邊的船上，擺弄著笛子的
人，就像中國水墨畫裡那些充滿神祕意味的人物，則
是上帝自身。

對我們而言，這整個充滿新奇的民族、文明，似
乎都落在了這種想像裡面。但是，我們的感動並不是
由於這種新奇，而是因為我們遇見了我們自己的形
象，好像我們漫步在羅塞蒂[3]的柳樹林裡；或者，也許
是在文學當中首次聽見了我們自己的，彷彿是一個夢
境的聲音。

自文藝復興以降，歐洲的那些宗教聖徒的作
品——儘管我們很熟悉他們的隱喻世界，或者熟悉

3　羅塞蒂（Dante Gabriel Rossetti）是英國畫家，在一八七一年創作了油畫《水
　柳》。

他們思想的總體結構——對我們已經沒有任何吸引力
了。我們知道，我們最後必須捨棄這個世界，而我們
也已經習慣於在疲憊或高亢的時刻，考慮自願離開這
個塵世；但是，我們讀了那麼多的詩歌，看過那麼多
的繪畫，聽過那麼多的音樂，肉體的召喚與心靈的哭
泣似乎來自同一個聲音，我們對塵世的貿然放棄，難
道不是過於粗暴嗎？

　　而且，我們與聖·伯爾納鐸[4]有什麼共同點呢？他
就這樣把自己的眼睛閉上，看不到瑞士湖的美景？或
者，我們與《啟示錄》[5]的那些激烈言詞有什麼共同之
處嗎？如果我們願意，在這本書當中，我們會找到充
滿優雅詩意的話語：

　　　我必須上路了，弟兄們，請為我餞行吧！向你們
　　　所有人鞠躬之後，我就應當啟程了。

　　　我交還了我門上的鑰匙——交還了房子的所有許

4　聖·伯爾納鐸（St. Bernard），天主教熙篤會隱修士，修道改革運動的傑出領袖，
　　被尊為中世紀神祕主義之父，也是極其出色的靈修文學作家。
5　《啟示錄》，天主教稱《若望默示錄》，是《新約聖經》收錄的最後一個作品，寫
　　作時間約在公元九〇至九五年間。

可權。如今，我只請求你們最後的幾句話語，便要開始趕我的前路了。

我們做過很久很久的鄰居，但是，我接受的多，給予的少。現在天已破曉，我黑暗屋角的燈火已經吹滅，召命已至，我準備遠行了。

—— 第九十三號詩歌

當我們的心離 A.肯佩斯或聖十字若望最遙遠的時候，這正是我們自己的心在哭泣：

因為我愛上這個生命，我知道，我也一樣地會愛上死亡。

—— 第九十五號詩歌

然而，這本書探索的，絕不僅僅是我們告別塵世時的那種思想。我們往往不曾知道自己對存在界所藏有的深沉愛意，而信仰它，對於我們又幾乎不可能。然而，當我們回顧自己的人生時，我們則會發現，在

我們探索人生密林中的諸多路徑時，在我們孤處深山
而深感喜悅時，在我們對自己心愛的女子提出神祕要
求時，正是這種愛，創造出了那種內在的甜蜜：

> 那時，我還沒有為你的到來做好準備，我的國
> 王；你就像一個平凡的陌生人，不請自來，主動
> 地進到了我的心房。從此，在我生命流逝的無數
> 時光裡，蓋上了你永恆的印記。

—— 第四十三號詩歌

於是，這個世界就不再是神聖的牢獄和懲罰之地
了，反而是一種昇華。彷彿進入了畫家更為深沉的心
境當中，因為它既畫出了塵土，也畫出了陽光。而為
了尋找到類似的聲音，我們會靠近方濟各和威廉·布
萊克[6]，他們在我們遍布暴力的歷史當中，看起來卻彷
彿是陌生的異族人。

6　威廉·布萊克（William Blake，一七五七—一八二七）是英國詩人、畫家和版畫
　　家。

3

　　我們盡是寫些冗長的巨著,而裡面很可能並無任何一頁擁有能使寫作本身充滿樂趣的品質,正如我們在這裡戰鬥、在這裡賺錢,並用政治填滿了我們的頭腦,然而我們所做的這些,都是一些沉悶無聊的事情,而泰戈爾先生,就像印度的文明本身一樣,　向都以靈魂的發現為至高樂趣,並讓自己臣服於這種靈魂的自然。他似乎經常將自己的生活與那些追逐我們的時代潮流、那些在世界上看起來更為重要的人物的生活相互比較,相互對照,卻又總是十分謙虛,好像他只是肯定了自己的生活方式對他自己才是最好的一樣:

> 那些回家的人們望著我發笑,使我滿心羞慚。我像女乞丐一般地坐著,拉起了裙子,蓋住我的臉,當他們問我要什麼的時候,我垂下了眼簾,閉口不語。

　　　　　　　　　　　　──第四十一號詩歌

　　而在另一些時候，羅賓德拉納特則記起他從前的生活，曾經有過的另一番模樣，他便會寫道：

　　我曾經用大把大把的時間，花在了善惡的交戰當中；然而現在，正是我那於閒暇時分攜手的玩伴的歡愉，把我的心吸引到了他那裡去。我也不知道這突然的召喚，究竟會成就哪種何等奇妙的境界。

　　　　　　　　　　　　── 第八十九號詩歌

　　在別處的文學裡面，我們找不到有這樣的一種天真、一種單純，使鳥兒和樹葉顯得與人類是如此親近，如同它們與孩童們的親近那樣；而季節的變更則成了一件大大的事情，就像我們以前的時代，人類的思想尚未把天時與我們自己隔離那樣。有時，我很想知道，他的這種天真與單純，是否也是脫胎於孟加拉的文學或宗教的信仰；而在其他的一些時候，我又想起了小鳥棲息在他兄長手中的事情，這倒令我更樂意認定這是一種代代相繼的天賦，就像崔斯坦或佩里諾

爾[7]的優雅舉止，乃是好幾個世紀才得以祕密成長起來一般。事實上，當他談到孩子們時，他自己在很大程度上似乎就具備了這種特性，人們很難確定他是不是也同時在說著一些聖徒們的品質：

> 他們用沙子蓋起了房屋，手中擺弄著空空的貝殼。他們還用枯萎的樹葉編成了小船，又歡笑著讓小船漂浮到深遠的海上。孩子們在世界的海岸，進行著他們專注而安定的嬉戲。

> 他們不知道如何游泳，他們也不懂得怎麼撒網。採珠者在尋找寶珠，商人們向遠方出航。而孩子們卻把石頭撿起，再把石頭扔下。他們既不尋找那隱藏的寶藏，他們也不知道如何進行撒網。

—— 第六十號詩歌

7　崔斯坦（Tristan）與佩里諾爾（Pelanore）是英國史詩亞瑟王傳說中的傳奇人物。

附錄三

紀德於一九一四年法文譯本
《吉檀迦利》序

　　就我自己而言，即使我有閒暇時光，也未必會起意研讀古印度那些篇幅巨大、雜然紛呈的各式作品，保羅・德・聖維克多[8]曾說過一句耐人尋味的話：「例外，就是印度的成規。」

　　「在歐洲和印度的心靈之間，」他繼續說道，「彼此隔著一億多個奇異的神靈。」我推崇詩人泰戈爾的《吉檀迦利》，首先是因為它並非鴻篇巨製；還因為它絕不以各樣的神話來充填了事；另外，讓我對這本《吉檀迦利》充滿激賞之情的是，為進入此間的閱讀，人們並不需要任何知識的準備，儘管了解它與古印度的傳統存在關聯或許有助於閱讀，但是把該詩集認定是面向我們而非古代，則會更加有趣一些。

8　保羅・德・聖維克多是法國作家和評論家。他最為人所知的是，馬塞爾・普魯斯特在小說《追憶似水年華》中提到了他。

　　既然我已準備好了對《吉檀迦利》一書的推崇與讚美，故行事之先，我也頗願意指出此書一嚴重之缺陷。這本書雖非鴻篇巨製，反而頗顯輕靈，但它的組合顯然屬於一種拙劣的安排。我倒不是說它不符我們西方的節奏、我們的格律或我們的評判標準。我非屬此意。但我們從本書所附的簡短說明已經確知，最初泰戈爾有三部各自獨立的孟加拉語的詩集 ——《祭餘》、《渡口》和《吉檀迦利》，現在這本詩集之名即來自其中一部。另有一些內容，來自散見於各類雜誌上的詩歌，它們也被組合到這本詩集裡面，不免分散了我們的注意力。

　　我認為，特地注釋以說明本詩集於編輯上源出各處、蕪雜不一，這樣做似無必要，甚至好笑。不過，這是顯而易見的，儘管有人或許覺得我語出不妥。

　　顯然編輯過程讓詩集作者措手不及，但詩集終得玉成，我卻是滿心歡喜的。當時已名滿恆河兩岸的詩人，在他五十四歲（譯者注：原文即五十四歲，當年泰戈爾實則五十一歲）那年，只因聽從幾位朋友的建議，便決定出版一卷英文詩集，但是數量尚屬不足，於是匆匆組合，故而構成現在這卷詩集。

　　以前，我們曾看到過印度的精神巨著，如何被三

番五次地裝入了英國出版商狹小的出版物裡面，那種
閱讀顯然並不是一件令人愉快的經驗！在有二一四七
七八行詩句的《摩訶婆羅多》與有四八〇〇〇行的
《羅摩衍那》之後，眼前這本薄薄的詩集該是何等令
人欣慰的救贖啊！我甚是感激印度，感激羅賓德拉納
特·泰戈爾，因為這種品質、數量與密度的變動中，
我們再也無須付出更多的艱辛，便可獲得如此之多、
如此豐盛的精神收益。《吉檀迦利》裡面的一〇三首
短詩，幾乎每一首都具有令人羨慕與尊敬的份量在。
且讓我們返回到它的多樣性上面來。但是，我希望自
己將以最大的簡約，一點一點地分析開其中的偶然元
素，那種非確定的表層，以便我們把注意力集中於這
本書的核心與精妙的地帶。此處，我們不妨從泰戈爾
的其他著作談起。

　　自從《吉檀迦利》一紙風行之後，泰戈爾的另外
兩卷詩集也相繼問世了。其中一冊是《新月集》，這
是描述童真的戲劇，或關於孩童的詩集。在那裡面，
我們會發現三首《吉檀迦利》裡面的詩，雖說不是品
質最好的，卻是最近被人們引用最多的詩歌（即第六
十號、第六十一號、第六十二號詩歌）。

　　另外一冊是《園丁集》，於去年十一月分問世，

這是一個系列的詩，如果不是在青年時期寫的，至少
也是屬於較早期的作品了，如同我們被告知的那般，
它比《吉檀迦利》的寫作時間要早了很多。這本詩集
的內容也是頗不均衡，然而在它的內容中，有幾首愛
情詩篇的光芒，足可輝映千載，雖與《吉檀迦利》裡
那些至美的「人神相悅」的聖詩不同，它是人類的愛
情——我甚至應該說，它是肉身的相愛，故絲毫不沾
染神祕的氣息。這些是如此特別的詩篇，使我不願失
去在此加以引用的樂趣：

我握住她的雙手，把她緊緊抱在了胸前。

我想以她的愛來填滿我的臂彎，用我的親吻劫走
她的香甜，讓我的眼睛來啜飲她那最是深黑的一
望。

呵，但是它們藏身哪裡呢？誰能夠經由蒼穹，而
能過濾出那一抹幽深的藍？

我想把美抓住，美卻躲開了我，只留下它的軀體
遺在我的手掌。

待我返回，我已是滿身的困倦與失望。

呵，那唯有精神才能碰觸的花兒，如何才能夠讓
軀體也一併觸及呢？

————《園丁集》第四十九號詩

　　詩集中的大多數詩篇，其抒寫方式與之頗為不
同。它們的情感煎熬期更長，而不是將此類情感獨立
出來直接表達此中的熱烈，倒似置於一個供表演的舞
臺，有些甚至組成了對話的樣式。其中一些詩，如同
《吉檀迦利》裡面最不成功的那一類，很可能便源出
這裡。我必須承認，自己素來是不喜品嘗此種類型的
詩歌的。智慧或情感，把它們放在道德寓言中運用，
就閱讀而言，並不總是令人愉快的。其中一些不快的
閱讀經驗還教人聯想起了坎諾·施密特的故事[9]來。
　　在這樣一個系列之中，其中的第三十一號和第五
十一號作品，還加上一首神祕詩，說著戰士、鎧甲與

9　由德國天主教神父克里斯托夫·馮·施密特（Christoph von Schmid）所寫的一
　系列寓教於樂的兒童故事集的法語翻譯。

弓箭。這是相當不協調的，人們想知道為什麼它會被
包括在內（也許只是為了擴大篇幅），但在我看來，
這些完全可以省去而沒有絲毫的損失。但另一方面，
我絕不會捨棄第七十八號和第五十號這樣的寓言詩：

造物伊始，繁星射出了第一道炫目的光芒，眾神
齊聚天界，唱起了歡歌：「啊，完美的畫圖，純
粹的喜樂！」

忽然，其中一位天神叫喊起來──「光的鍊條上
似乎缺開了一環，一顆星星不見了。」

於是，他們豎琴上的金弦，猛然之間斷裂，歌
聲也戛然而止，他們驚惶起來：「是啊，那顆
迷失了的星星，她是多麼完美，她就是諸天的榮
耀！」

從那一天開始，他們就沒有停止過尋找，他們眾口
相傳；由於她的丟失，世界也失去了一份歡樂。

只有在最深沉的靜夜裡面，眾星微笑著相互低

語——「尋找是何等的徒勞，無憾的圓滿，永是遍在，籠蓋著一切！」

——第七十八號詩歌

這首詩中所表達出來的多神論——當然，這不是真正的多神論——在《吉檀迦利》當中是獨一無二的，最初或會令我們感到怯怯不安，然而，對於那些了解印度最古老、以梵文尚未出現前的早期語言寫成的《梨俱吠陀》當中令人崇敬的箴言的人來說，這是一點都不需要詫異的。其中有詩句是這樣說的：

孰人了知此事？孰人能夠明說此事？此洋溢的萬千生物，自何處肇始？何謂創造？諸神亦是肇端於它嗎？然孰人知曉，它究竟如何存在？

這裡是第二個寓言：

我走在村野的路上，挨家挨戶地乞討。你的金輦像一個華麗的夢，出現在了遠方。我在猜想，這萬王之王究竟是誰呢！

我的希望倍增，我覺得我的苦難就要到頭了。我立在路旁，等候你主動的施予，等待那自四面八方散落下來的無窮財寶。

金色車輦在我站立的地方停住。你看到了我，微笑著下車。我深信自己的好運終於來臨。突然，你卻伸出了自的右手，說道：「你有什麼東西給我呢？」

呵，這開的是什麼樣的帝王玩笑，向一個乞丐伸手乞討！我滿是困惑不解，在猶疑中站立。然後，我從自己的口袋中緩緩掏出一粒最小的玉米，獻給了你。

那一日的末了，我回來傾空自己的行囊，把它們倒在地上，在我乞討過來的種種粗俗事物當中，我竟然發現了一粒小小的黃金。我大驚失色！我不禁失聲痛哭，我恨自己沒有慷慨地傾盡所有，將它們全都進獻給你。

—— 第五十號詩歌

　　從另外一個方面來講，這首詩歌完全可以納入一個漫長的序列之中，不久，我將進行此事。人們可以把它從《吉檀迦利》中剝離出來，就像人們可以把〈返鄉〉或〈抒情間奏曲〉，從詩人海涅的《歌集》中剝離出來一樣。

　　似乎它是以詩歌的形式呈現了泰戈爾的兩部戲劇。其中一個戲劇是受《摩訶婆羅多》的啟發，創作於泰戈爾的早年。第二個戲劇則令我們倍感興趣，它似乎是與這組詩受同一種靈感啟示出來的碩果，就其外觀看，它又如此現代。這詩劇名為《郵局》，它講述了一個垂死小孩的故事。他以盼到國王的來信為唯一心願。小男孩每日坐在窗前，招呼著一個個經過的路人。這些人起初並不願意與之交談，但與這小孩一番看似幼稚的交流之後，人們卻在不知不覺間，將自我從原來壓抑的狀態中解救了出來，且甚是歡暢愉悅。而孩子等待的這封信一定會來，也必然會抵達，卻始終沒等到。孩子死前，國王終於來到了他身邊，不待他開口，孩子便認出了他。

　　我們不妨從下面這首詩歌中加以想像這幕奇特的戲劇，體會其中的奧妙：

在影子追逐光的地方，在初夏雨水來臨的季節，站在路旁等候與觀望，那便是我的快樂。

你的使者從不可知的天界帶來了你的消息，向我致意後他又匆忙趕路。我滿心歡愉，吹來的柔風中，呼吸到的盡是陣陣甘美的清香。

從清晨到夜晚，我一直坐在自己的門前；我知道，當我一看見你，那快樂的時光便會傾瀉而至。

那時，我會自歌自笑；那時，空氣中也會充滿著祈請與應答的芬芳。

——第四十四號詩歌

隨之而後的一些詩歌，表現出了各式各樣的等待，而不是遵循同一模式。特定的詩節，伴隨著親密的音樂微微顫動著，一首接著一首，不禁讓我們聯想起了舒曼的旋律或者巴赫的詠嘆調（第四十號、四十五號、四十六號及四十七號詩歌）。

　　有時候，這似乎是一個世俗戀人的等待；然而，
轉瞬之間，又變得瘋狂而神祕（第四十號詩歌）。

　　在一些詩中，一個表示陰性的代詞會突然出現，
它提醒著我們，這是一個女性的聲音，但是沒有表明
她開始或停止的地方。因為在英語中，說話者的性
別，往往比法語在語法上更容易被隱蔽，翻譯者有時
候無從確定。然而事實的真相則是：這裡的詩歌是靈
魂之歌，故無所謂性別：

　　清晨，於祕密的耳語中，我們約定了要一同去泛
　　舟，除了你與我，在這個世界上，沒有任何一個
　　靈魂會知曉，我們這既無目的，又無泊處的朝覲
　　之旅。

　　在這無邊的生死海上，你常常微笑著靜默聆聽，
　　而我的歌唱也抑揚成調，像波浪一般自在，擺脫
　　了字句的束縛。

　　時候還沒有到來嗎？還有一些工作需要完成嗎？
　　看啊，暮色已經罩住了海岸，遠處的蒼茫當中，
　　海鳥們亦已成群歸巢。

呵，可是有誰知道，何時這鎖鍊能開，何時這條
朝覲的舟船，也將會像落日的餘暉，消解在茫茫
的夜色當中呢。

—— 第四十二號詩歌

人們當然可以領會到，這裡的「航行」（朝覲）
是一個神祕的旅程 —— 或許也正是因為這種「航
行」，才迫使波特萊爾說出了：

哦，死亡，老船長，是時候了，讓我們起錨出航
吧！

泰戈爾的這一種生命的「航行」，與波特萊爾頗
為不同，而它卻啟發了泰戈爾寫出奇妙與美麗的詩歌
來。

現在，我們已經到了這本書的核心地帶。此詩集
中，除了那些告別生命的死亡主題與形而上的詩篇之
外，幾乎沒有任何東西橫亙在我們面前了。

但是，在我們進入那些主題的討論之前，我想再
介紹兩首詩歌，它們是如此美麗，幾乎不能被人們遺

319

忘，雖然它們在本書中是分開的，但它們的內容卻天
然地連繫在了一起：

光明，那光明在哪裡呢？用燃燒的渴望之火把它
點燃吧！

這兒有燈，但沒有一絲光明——這就是我的命運
嗎？呵，我的心啊，你還不如死了的好！

悲哀在敲打著你的門，她帶來的口信，說你的主
人一直醒著呢！他召喚你穿過茫茫黑夜，去奔赴
一場情愛的約會。

烏雲漫天，雨不停歇，我不知道心裡面究竟是什
麼事物在動盪不安——我不懂得它的真實意涵！

在一道耀眼而短暫的電光中，我的眼前呈現出黑
暗的深淵。我的心摸索著前行，尋找那夜的音樂
召喚我去的地方。

光明，那閃亮的光明在哪裡呢？用燃燒的渴望之火把它點燃吧！雷聲在響，狂暴的大風在虛空中呼嘯。夜，像黑沉沉的岩石一般凝重。不要讓時光在黑暗的夜色中徒然流逝，用你的生命，把愛的光明點亮起來吧。

——第二十七號詩歌

接著，同樣一個「光明」的主題則是這一首：

光明，哦，我的光明，普照大地的光明，這吻著眼目的光明，這沁入肺腑的光明！

哦，親愛的，光明在我生命的中心跳起舞來了；親愛的，那光明正在彈撥我愛的琴弦。天開了，風兒狂奔，朗朗笑聲響徹大地。

蝴蝶在光的海洋上，展開了它的翼帆。百合，還有茉莉，它們在光的浪尖上起伏、翻滾。

親愛的，這四射的光輝，它在每一朵高天的雲彩

上散映成金，灑下了慷慨無量的珠寶。

親愛的，無邊的歡喜正在樹葉間彌漫，快樂異常。天河決堤了，這歡喜的洪流是如此浩大，如此地奔瀉而下。

——第五十七號詩歌

　　這兩首詩彼此之間似有某種確定的對應。我說過，把它們放在一起是很自然的，但實質卻又不然。它們各自有著各自專屬的地方。第一首充滿了煎熬的痛苦，詩中呈現出了那種不平靜的靈魂，專注、充滿熱情，在世界的此岸，永在渴望彼岸的光明與寧靜，因此，沒有實現完美的結合。第二首則屬於表達了靈魂勝利的凱歌、狂喜，近乎醉態，與神聖者正在一同昇華。

　　那麼，這種令人戰慄的歡樂之流，其祕密何在，它像流水一樣閃亮，像日光一樣溫暖？什麼是此間真理，它如何滋養著、同時還陶醉了人的靈魂？是婆羅門哲學的碩果嗎？是毗濕奴神的祕密教義嗎？不，都不是的！這實在是泰戈爾哲學中的「愛」，這也是泰

戈爾宗教裡的「愛」，因為，正如他表達自己思想的
著作《人生的親證》的序言中所說的那樣：

> 對於西方學者來說，印度那些偉大的宗教經典似
> 乎只具有回溯與考古的價值。但對於我們來說，
> 它們卻是十分重要的生活方式。

—— 《人生的親證》

我在這裡所欣賞的究竟是什麼呢？令我流淚和大
笑的，是這些詩中充滿了激情的生活，它所傳遞的觀
念通常會被人們認為如此費解、如此抽象 —— 存在著
某種類似於布萊茲・帕斯卡[10]的作品當中所顯示的意
思，令人戰慄，但在這裡，卻顯然是一種歡樂無比的
戰慄。

> 主啊，讓我最後的歌唱，能夠融入你的一切歡
> 樂。那歡樂，使大地的草海歡聲雷動；那歡樂，

10　布萊茲・帕斯卡是法國科學家兼哲學家。這位被人形容為「固執、堅毅、看似好
　　勝無情但又時刻追求和諧的完美主義者，他除了在流體靜力學、或然率和幾何學
　　的研究上取得傑出的成就外，還擁有固執的哲學和宗教情操。壓力單位「帕斯卡」
　　即是用來紀念這位傳奇人物。

使生死這對弟兄，於廣大的世上並肩舞蹈；那歡樂，與狂烈的風暴一道，席捲而至，用此等盛大的笑聲，來動搖和喚醒一切的生命、所有的生機；那歡樂，也曾伴著淚水，安靜地歇在了紅色蓮花那盛開的痛苦當中；那歡樂，它超出了一切的言語和詞句，把你所有的所有，全部拋出，紛紛落在世界的每一粒塵土之上。

——第五十八號詩歌

這種歡樂很自然地會傳遞出來，成為生命存在的一種實感，成為參與這個真實人生的實感。

是的，我知道的，這一切不是別的，它們正是你的愛。哦，我心靈的愛人呀！——這漫舞於樹葉的金光，這穿行於天際的閒雲，這於我的額頭留有清明涼意的微風。

拂曉時分的晨光，一旦湧入我的雙眼——我就知道，這是你傳遞給我心靈的消息。你俯下了你的臉，自高天之上凝視著我的雙眼；而我的心，也

已經觸及了你的蓮花雙足。

—— 第五十九號詩歌

在這裡，我們遇到了一種近乎泛神論[11]的感覺，這樣一種萬物有靈的神奇感曾在詩人歌德的《浮士德》中有過完美的表達，像浮士德於晨光中覺醒後的獨白，我們不妨打開《浮士德》的第二部：

向太空的曙光溫柔致意
大地啊你也靜止了一夜
又在我腳下煥發著朝氣
又開始用歡樂將我包圍
又激勵和堅定我的決心
向最高的存在不斷進取
晨光中世界已豁然開朗
茂密的林間正百鳥歡啼
輕霧在幽谷間縹縹緲緲

---

11 泛神論是一種將大自然與神等同起來，以強調大自然的至高無上的哲學觀點。認為神就存在於自然界一切事物之中，並沒有另外的超自然的主宰或精神力量。

可天光已沉入深深谷底
千柯萬枝一齊吐露新芽
棲息之地一片芬芳馥鬱
花葉之上珍珠搖搖欲墜
看周遭，此身已在天國

然後，在這個獨白的結尾，浮士德凝望著從群山
的脈絡中傾瀉而出的瀑布時，他不禁又說道：

那從懸崖絕壁飛瀉的瀑布
望著它我真個叫欣喜難耐
它翻捲著一層層落進深淵
隨後分解成千道萬道急流
把浪花水沫激濺到雲天外
於是從飛瀑中衍生出虹霓
似拱橋卻有著繽紛的色彩
它變幻莫測，它時隱時現
在周圍飄灑著清涼的香靄
細加思想，你會更加參透
這景象反映著人類的活動
生之意義就在反射出光彩

326

在印度哲學中，不同程度上稱這種色彩的反映為
「摩耶（幻相）」。然而，泰戈爾所說的這種歡樂卻
超越了「摩耶」。因為，他正是於塵世的映照中尋找
著他的神明，在現象世界的厚幕掀動之間，他的靈魂
充滿了渴望：

蓮花開放的那一天，唉，我的心思迷亂，卻不知
其中的緣由。於是，我空著花籃，冷落了花兒。

憂傷不時地襲來，我從自己的睡夢中驚醒，察覺
到了南風中有一股甜美而奇異的芳香。

那淡淡的甜潤，令我盼望得心痛。對我而言，這
彷彿是夏天饑渴的呼吸，正在尋求著它最後的圓
滿。

那時，我還不知道它離我竟是如此之近，原本就
歸屬於我。如今這圓滿的甜潤，已經於我心靈的
深處全然地盛放了。

—— 第二十號詩歌

　　即使我有更高的資格，我也不敢貿然嘗試對泰戈爾的哲學進行某種解讀，無論如何地簡約。然而，泰戈爾本人卻從不認為自己給《奧義書》的哲學帶來任何一項新的內容，沒有什麼是真正嶄新的思想。我個人很欽佩這種哲學，但我尤其欣賞泰戈爾的，則是他所賦予的那種生命情調，以及他極為精湛的表達藝術。

　　正是通過他自己的創造，通過他自己造物的世界，通過他這樣的思想，才賦予了他的一些詩歌以最完美的生命（第五十六號和第四十五號詩歌）。

　　也正是存在著這種完美，世界的幻境，或摩耶，在定義、解釋與打開自身的過程中，最終讓我們看見了智慧的心靈（第七十一號和第六十八號詩歌）。

　　泰戈爾有幾個重要的講演作品，它們最近結集為《人生的親證》一書。其中有幾個段落可以作為這些詩篇的最好詮釋。譬如，在〈愛的親證〉一章的結尾，他如是說道：

　　這不是很奇妙嗎？大自然在同一時間具有兩個相反與對立的面向：一方面是奴役，另一方面是自由。大自然一方面看似努力工作著，另一方面又

呈現很休閒的樣子。從表面上看，她一直很活躍，但她的內心卻是全然的寂靜與安詳。

這不就是底下這首奇怪詩作的意思嗎？

你是天空，你也是鳥巢。

哦，你充滿美麗！在這裡，在色彩、聲音和香水的巢穴中，包裹著靈魂的是你的愛。

早晨來了，右手拿著一個金籃，盛著美麗的花環，他將用它無聲地裝飾大地。

而這裡，通過純潔的小徑，黃昏已然來到孤零零的牧場上，牧群已歸；他把從西岸取來的平靜的涼水、寧靜之海的波浪裝進他的金罐子裡。

但是，在那裡，天空無限地展開，靈魂在那兒絞盡腦汁，那裡仍然是完整的白色的光輝。它不再存在，既不是黑夜也不是白天，既不是形式也不是顏色，更不是文字，也不是話語。

　　我剛才談到的所有詩歌，其實都是受到了這雙重感覺與情調的啟發。下面這個迷人的段落，正是這種精妙的評論：

　　　我們以植物的花為例，不管它看上去是多麼美好雅致，但它卻被迫接受巨大的任務，它的色彩與形式都要適應它的任務，它必須結果，否則將破壞植物連續的生命，大地也將在不久之後變為沙漠。因此花的顏色和香味都是為了某種目的，花一旦通過蜜蜂授粉，它的果實成熟期一到，它就落下優美的花瓣，嚴峻的自然秩序迫使它捨棄甘美的芳香，它沒有時間來誇耀自己的美麗，因為它過分地忙碌。

　　　從外部看，必然性似乎只是自然界的一個要素，因為任何事物都要工作和運動，蓓蕾發育成花，花結成果，果變為種子，種子又長成新的植物等等，這種活動的鍊條會完整地連續下去。

　　　但是，如果這朵花能觸及人心，那麼它的實際用途就不再存在了；在這裡，變成閒暇與休憩的象

徵。因此，同一種事物在外部表現為無數活動的
化身，另一方面，在內部卻是美與寧靜的最完善
的體現。

——《人生的親證》

在這裡，我們會發現叔本華在他的哲學裡面建立
起來的在「動」和「靜」之間曾有過的那種分別。

認識二元性世界的這種永恆之相續，我們在泰戈
爾的詩句中已經遇見過很多。但是，泰戈爾的用意，
卻是超越了此種「摩耶」，進入至高的喜樂境界，如
他在《人生的親證》一書中所說的那樣：

但是我們存在的另外一頭，其方向是朝著無限，
並不是追求財物，而是追求自由與歡樂。在那
裡，需求性的支配結束了，在那裡，我們的職能
不是獲得而是「成為」。成為什麼呢？成為與梵
合一的人，因為無限的領域是統一的領域。因此
《奧義書》說：「如果人領悟了至高的真理，他
就會成為真理。」那時，它是一種成就的境界，
而不是佔有更多。當你懂得了許多詞的真實含義

時，這些詞就不會是隨便的堆砌，由於它們與思想的一致而成為真實的。

雖然西方人已接受這種教義，宣布他與聖父的合而為一，並勸告他的追隨者們應該像神一樣完美地存在，然而這種觀念從來不曾與我們和無限存在合一的觀念相一致。它譴責說任何使人成為神的意圖都是對神的一種褻瀆。這種絕對至上的超然觀念，肯定不是基督的教義，大概也不是基督教神祕主義者的思想，然而它似乎已經成為西方基督教中極為普遍與風行的思想。

——《人生的親證》

相反，「成就為神」這樣一種觀念在印度教的傳統中，卻是如此強勁。在古時的哲人，即《梨俱吠陀》裡面那些令人景仰的讚美詩的作者那裡，便已經開始了。我們不妨以其中的「眾生之主」為名的詩節為例：那處，它援引了「眾生之主」一名，作為對神靈的嶄新的命名，其意為「眾多造物者之主人」。

「當人們體悟到了這種完美的合一。」羅賓德拉

納特·泰戈爾在《人生的親證》的另一處說道,「那就不僅僅是一種知識性的理念,那時,已將我們的整個存在,開向了全然無量的輝煌意識,然後,它成就為一個發光的喜悅之流,一種無窮流溢的愛。」這就是「梵我一如」的合一境界,在泰戈爾的《吉檀迦利》中則是如此表達的:

> 我像一片秋日的殘雲,無用地在虛空中飄盪。哦,我永遠發光的太陽!你的觸碰還沒有蒸盡我的渾身水滴,使我得以與你的光輝合二為一。於是,我唯有細細數點著,那些與你分離的無數個日日夜夜。

> 假如,這是出於你的願望,假如它原本就是你的遊戲,那麼,就請為我那些無常的虛空生涯,鍍上一層黃金、染上一些色彩吧,讓它於肆意的風中自在漂浮、遊盪,舒展出萬種奇觀。

> 而且,假如你願意,願意於今晚就結束這場嬉戲,那我會在這個黑夜裡面,或是在潔白清晨的微光當中,在它最是純粹、最是透明的清涼裡

面，讓自己融化，把自己消解。

——第八十號詩歌

在這個「最是純粹、最是透明的清涼」中，徹底消解了個體性存在，消解了個體性的悲傷、焦慮，還有個體性的愛情。

在毫無希望的希望當中，我開始在自己房子的每一個角落裡找尋她；最後，一無所獲。

我的房子實在太小了，事物一旦消逝，就再也無法找回。

但是，我的主啊，你的府邸卻是無邊廣大，為了找到她，我必須來到你的門前。

我站在那暮靄籠罩的黃金般的天穹下，向你抬起了我飢渴的雙眼。

我來到了這永恆的邊緣，此處，萬物圓滿——沒

有空虛的希望，也無所謂人間的歡場，更沒有一
張透過淚眼觀望的人的臉龐。

呵，就把我空虛的生命浸入到這個海洋裡吧，把
它投進那最深最深的圓滿當中。讓我進到宇宙的
全然裡面，感受一次，那曾經失去的、最是甜美
的接觸吧！

——第八十七號詩歌

在《吉檀迦利》一書中，最後一首詩是寫來讚美
死亡的。我從來不曾發現，在任何其他的文學當中，
我們會遇到這樣一種深沉的、同時又是如此美好的關
乎死亡的聲音。

東方道種智，證得依林藪

1

　　如今思來，真是奇蹟一般，居然一口氣譯完了羅賓德拉納特・泰戈爾的《吉檀迦利》。當時正逢印度的高溫，酷熱的暑夏之氣盛大而無敵，我大概是身中熱毒的朝聖者，在馬不停蹄、密不透風的時間中高強度作業，幾乎是在飲著甘美的詩篇，和著盛夏的繁華，終其篇章，而擱其筆墨。

　　唯願此嶄新的中文譯筆能得著眾人的歡喜，雖說是新譯，卻不得不向前輩譯人與各個時期的譯家致敬，尤其是民國時期的冰心譯本，自有其不容無視的豐碑式的價值。

　　民國時期的白話翻譯，因其語言尚在擦拭之間，別有一番樸茂拙勁之美在突顯，自具一股不奪的氣象。而現在的漢語則愈發膩滑，以至俗爛，好端端的意思，經常找不到半個鮮亮的語詞或句子，收攝不住

意思，呈現不出物像與人心，故有德國詩人格奧爾格的感慨：「語詞破碎處，萬物不復存。」這其實也正是譯人的內心甘苦，於此不一一細表。

　　有趣的是，譯畢全卷，記得正好趕上了泰翁的生日。然而，第二天的夜晚，我住在加爾各答靠近恆河西岸的般若樓裡，與印度的朋友聊天，他們突然告訴我說：「明天是泰戈爾的生日！」彼時的我不免一愣：他的生日不是五月七日嗎？我們這邊的詩翁之信徒們，還剛剛在「外國詩歌精選」的社群上紀念過他呢！他們說：是的，那是英國提供的時間，而我們有孟加拉的日曆，正好相差兩天。原來如此！

　　泰翁的生日既是孟加拉地區的慶典，又是國家的節日。無論是東西孟加拉，還是那個與《吉檀迦利》的成書關係甚密的寂鄉[12]（聖迪尼克坦，意為「和平村」、「沉靜之鄉」），都在舉行系列的紀念活動。彼時，我曾拿出一張泰翁與甘地的照片，問一些當地的大學生。他們笑著答說：「我們只喜歡泰戈爾，不喜甘地！」

12　即聖迪尼克坦，有人將此地名按意譯為「寂鄉」，是印度西孟加拉邦的一個小鎮，位於加爾各答以北約一百八十公里處。泰戈爾一手創建的大學就位於此地。

　　而我終於能夠結束此一譯事，似乎也當是得詩翁之授意了，曾幾番夢魂與共，終於心願得償。可能，離他的住家之直線距離甚近，便是其中一個比重不小的原因，畢竟隔河相望，不過十來公里的路程。上海的一位朋友說：「實得地力之助也！」愚甚以為然。

　　猶記得去歲初至詩翁在加爾各答城裡之王侯一般的舊宅邸，還有此後三次朝聖之深刻印象。譬如，我第一次入其故居聖境時，恰如徹盡心源，直奔究境，故曾記之如次：

　　曾經的那個人算是什麼呢？渺小的造物，失路的童子，驕傲、懵懂、無比虛妄，於無明深纏中，唯是沉淪與自棄。若非借著您的歌唱，以您詩國豐裕的光輝來照亮，今日還當於生的黑夜、死的迷途中徘徊，瞻前顧後，左右無望。有一種慈悲堪稱盛大，如同恆河流溢，您盛裝在身，卻走下了高聳的王座，把他自塵埃中扶起，給出榮耀，給出道路與方向。故我有此劫波渡盡，艱辛歷遍，一路禮拜而來的一萬里的長夢，終於，抵入了您的門前，立在這裡，夢想成真。

　　嗣後，我又隨著泰戈爾的私人腳蹤，朝覲過他曾經在喜馬拉雅山生活的阿莫拉、拉姆格爾等僻靜山區，那些舊日歲月曾行走過的聖者履痕，猶如一個又一個時間之外的夢境。後來我也一併寫入了《從大吉嶺到喀什米爾 —— 漫遊在喜馬拉雅山的靈魂深處》一書中。

2

　　一九一三年十二月十日，在瑞典的斯德哥爾摩大酒店舉行的諾貝爾頒獎盛典上，由該屆諾貝爾獎委員會宣布了當年的文學獎，頒給英屬印度的詩人羅賓德拉納特・泰戈爾，其頒獎理由是：

　　　　由於他那至為敏銳、清新與優雅的詩句，出之於完美的技巧，並由詩人自己用英文翻譯表達，使他那詩意盎然的思想構成了西方文學的一部分。

　　瑞典皇家學院的諾貝爾獎委員會主席哈拉德・雅恩在頒獎詞中說道：

泰戈爾的《吉檀迦利》是一部宗教性質的頌詩，他的這部作品尤其引起了評委們的關注。去年伊始，這部詩集裡面的作品，已經實實在在地歸屬到歐洲世界的英語文學裡面了。雖然，就作者本人的教養與創作實踐而論，他確實是一位印度語的詩人，但他卻為自己的這些詩歌披上了一件新裝，而這一新裝在其形式與個人靈感的獨創性方面，堪稱完美。故使得英國、美國，以至整個西方的文明世界裡，那些對高雅的文學尚且抱有興趣，並予以重視的人士能夠接受與理解他的這些詩作。現在，各方面的讚譽紛湧而至……

彼時，因為泰戈爾人在西孟加拉蔥鬱林藪中的寂鄉，不能親與現場，便自印度發來一封電報，由英國的朋友克萊夫先生代讀，以之作為臨時答詞，其詞云：

我向瑞典皇家學院致以衷心的謝意，感謝這種恢宏的理解，俾使遙遠的距離變短，陌生的人們成為地上的兄弟。

我曾在另外一個地方說過，雖然憑其薄薄的一卷

《吉檀迦利》獲得了諾貝爾文學獎，整個過程看似事出偶然，其獲獎也的確充滿了戲劇性，其中，無論缺少哪一個環節，都不會有後來的文學歷史。但我認為，泰戈爾獲獎，非僅泰戈爾之榮幸，更是諾貝爾文學獎的榮幸，是它一百多年的頒獎史上最值得慶幸、最無爭議的一次頒獎，理由很簡單，因為它把這詩歌獎直接頒給了詩神，沒有比這種頒獎更準確的了！自此，一個區域性的文學獎，也真的如設獎人之最初遙想，成了世界性的獎項，也成了全球化文明的一個重大標誌。

　　換言之，此一獲獎事件不但改變了文學與文化的世界格局，甚至一定程度上還改變了文明史的整體進程。因為，東西方文化的角色借此得以重新調整，並進一步激發了當時業已於歐洲文明世界漸漸彌漫開來，以斯賓格勒、凱薩琳伯爵等人為代表的西方文明的懷疑論與沒落論廣為流行。獲獎第二年，第一次世界大戰爆發。

　　直至一九二一年五月，詩人泰戈爾終於有機會到了瑞典的斯德哥爾摩，在他那份遲到的諾貝爾獎的長篇答謝詞裡，他充滿深情地說到了那個著名的寂鄉：

在那裡，我每個白日都在啜飲著這份歡樂。而在傍晚，日暮時分，我又經常一個人獨坐著，望著林蔭道的樹木灑下了陰影，在那種靜默中，我還可以清晰聽到孩子於空氣中一直流盪不已的回聲。在我看來，這些喊聲、歌聲與歡笑的聲音，就像那些高大的樹木，它們是自地心中生長出來的，如同生命的噴泉一般，直指天空那無限的懷抱。它是一種象徵，它鼓舞了我的思想與意志，人類生活中的一切呼喚——從人類的心靈，到這個無垠的蒼穹，把人的所有歡樂和願望都一起表達了出來。

並且，詩人還論及了這部《吉檀迦利》於寂鄉的創作：

在這種氣氛與環境中，我完成了我的詩集《吉檀迦利》，我在印度的天空布滿輝煌星子的中夜，常把這些歌唱給自己聽。在晨光中，在午後的閒暇裡，在日落時的暮色中，我曾一一地把它們寫下，直至新一日的到來，我感到了那種創造的衝動，我遇見了廣大無邊的世界的心靈。

3

　　寂鄉，即「Santiniketan」，這個名字取自印度古奧義書中的祝福之語「Santi」，也有人襲其聲音，叫作「香緹」者，其實皆源出古時印度人的森林夢想。這種祝福與夢想，乃是古人從天地自然那裡領受過來的生命啟示：人，不是競爭的異族，而是互助的同類。加之人類個體先天的脆弱，無法孤獨如獸，寂寞如神，在關係的隔絕當中，力量、智慧與慈悲，皆會萎靡不振， 故啟之以此種祝福，以謀求存在界的至大和諧。

　　這塊充滿田園風光的孟加拉僻靜之所，原是詩人的父親德本溫德拉納特・泰戈爾選中的，是作為他的生命與神交流的適宜之所。而復又作為永久性的饋贈，指定這個地方供給那些為沉思和祈禱而追求寧靜和隱居的人們使用。如今已經被詩人辦成了舉世聞名的印度國際大學，這是由詩人泰戈爾於一九〇一年開始造夢，直至一九二一年初步締造完成的和平之鄉。在那份答謝詞裡，他明其初心：

我決心創建一個國際性的組織，令西方和東方的學生可以在彼處相會，分享著共同的精神盛宴……把這所大學當作東西方文明的共同橋梁。願他們能夠以自己的生命為之獻策建言，做出貢獻，讓我們一起努力，使它富有生機，以代表這個世界永不可能分割開來的真實人性。

幾十年下來，它已經為印度培養出許多第一流的人才，譬如著名舞蹈家李・古泰咪、共和國總理英迪拉・甘地、諾貝爾經濟學獎獲得者阿馬蒂亞・森等。

我們知道，泰戈爾雖是一個受人尊崇的婆羅門家族之後裔，但這個家族也曾因歷史原因，與穆斯林有過一些瓜葛，故反而不被那些自詡尊貴的婆羅門家族看重，這或許倒成就了此家族的革命性基因。確實，它已在許多領域都證明了其傑出而不凡的智力稟賦，無論是哲學、藝術，還是宗教。在他們的家族中，不僅體現著高雅的藝術教養，而且對古聖先賢的智慧與吠陀精義深為敬重，那些經文與頌讚，也常常在他們家族的禮拜當中使用著，尤其是精神高邁，遠愈塵間種種俗諦的《奧義書》聖典。

除了廣受人們敬戴、被譽為「大仙」的父親德本

溫德拉納特·泰戈爾是印度近代新興宗教社團「梵
社」的第二任領袖之外，家族中傲視群雄的豪傑尚有
不少，據印度的一位朋友告訴詩人葉慈：

> ……好幾代偉人，都從這個家族的搖籃裡面誕
> 生。今天，這個家族裡面就有葛貢德拉納特·泰
> 戈爾和阿班尼德拉納特·泰戈爾，他們都是藝術
> 家；而羅賓德拉納特的兄長德維金德拉納特則是
> 一位偉大的哲學家，松鼠會從樹枝間出來，爬到
> 他的膝蓋，小鳥們則會飛到他的手上棲息。

4

　　時輪轉換，甚是迅捷。記憶中的八月總是炎熱
的，加爾各答這個時候居然如此涼爽，這是我沒料到
的。夏日的芒果與椰果雖是我日常的必備美物，然風
中吹動的氣息，分明是我的故鄉南部早秋的意味。此
間八月分的西孟加拉，屬天時中的雨季，落入我眼目
中的一切，無不驚動了深心中最是恬靜與和平的夢。
這些時候，我除了與自然的詩心為伍之外，正可借

此，進駐詩人羅賓德拉納特‧泰戈爾幽深的思想當中。

我便是在這樣的時節，訪問泰戈爾念茲在茲的教育與詩的聖地：加爾各答北郊的寂鄉及藏身蔥鬱林藪中的那個印度國際大學。

我已經記不清自己這是第幾次踏上豪拉這個火車站了。豪拉站邊上的許多房子，尤其這個火車站廣場，至今還是英國人初造的風格，想想一百年前鐵路尚屬罕物的舊時歲月，這種工程堪稱碩大無朋，教人揚眉吐氣。而英屬印度的農產品諸如棉花、咖啡，還有需求與產量日益高漲的東方茶葉，借之運往西南的海港，再轉移至不列顛。就彼時的大英帝國而言，美國獨立後的所有經濟依賴，大體以印度為最，故成了帝國最重要的經濟支柱。這使得印度內陸的交通開始了蓬勃的發展，鐵路網覆蓋了各大城市，孟買、馬德拉斯、貝拿勒斯、德里，還有原東印度公司的首善之區加爾各答。印度鐵路線的總英里數，遠遠超過了英法等歐洲的領主國家。

如今，歲逝月移，令人驚詫的是，它們居然仍是一百年前的舊物，舊式的模樣，舊式的設施，故不免有些破敗。

　　這次，我為了趕赴寂鄉的國際大學，搭乘豪拉通往波爾普爾的第12337號列車。這是較好的選擇了，無論是時間，還是車廂空調的品質。波爾普爾是去往寂鄉的最後一站，保證了和平村的寧靜。由於泰戈爾後半生超過四十多年的苦心經營，這裡早就聞名全球，成了世上無數熱愛這位詩人的重要朝觀之地。

　　我趕赴和平之鄉，頗希望搭乘上這一個和平的祝福，以回給這個喧囂與不安的世界。剛剛踏入列車裡的空調艙，我便看見了泰戈爾的兩張大幅照片，懸掛在車廂裡，似乎成了「泰戈爾專列」。而他目光中安定的氣質，一如往常，一泓深水，靜靜地凝視，看著我們，看著這個世界。

　　另外，我也朝觀過泰戈爾詩歌中的靈感之源：庫拜河。彼時，我是在寂鄉的暮色中拜訪了這條河流的，一路上真是鋪滿了詩人詩歌中的音樂、色彩與韻律，我看到根鬚匝道的大菩提樹，遇見了安靜的蓮花湖，還與鄉間漫步的牛羊陌路相逢，一直到了庫拜河的橋上，「在庫拜河河水的潺潺流動當中，有著與我的詩歌類似的一種自然節律。」泰戈爾曾經這樣深情回憶。我也似乎被寂鄉的這種無盡詩情觸及了深心，如同亙古的殘夢，教人歡喜，又教人詞窮。

5

這次在國際大學，最讓我驚喜的則是，我居然在大學院牆外面的一家舊書店裡，品嘗到了「如獲至寶」的激動感覺——我意外地遇見了那份特殊的《吉檀迦利》手稿複本！

當然，我一直知道傳說中有這樣的一份手稿。

彼時，詩人泰戈爾正在抑鬱與病痛的特殊歲月。起初，是自己的妻子勞瘁離世；然後，最是心愛的智慧超群的二女兒生了肺病，在十二歲幼齡早早夭亡；最後，連最小的兒子也因霍亂離開了他。懷著至親的人相繼離世帶來的深深沮喪和疲憊，又出於一種百無聊賴的心境，他在東孟加拉帕德瑪河畔的什拉依德赫養病期間，把自己三個孟加拉詩集《渡口》、《祭餘》、《吉檀迦利》，以及發表在加爾各答的一些孟加拉語詩歌，抽出了一百來首，譯成了英文，塗塗改改，形成了一個新的詩歌集子，後來他把這單個英文手稿本也取名為《吉檀迦利》。之後，泰戈爾在寂鄉消磨了一些時日，便偕同自己的長子和兒媳，帶著這唯一的一份手稿，於一九一二年五月二十七日出發，去了英國的倫敦。

　　甫至倫敦，他們一行投宿在伯樂姆斯布利旅館裡，就在這裡，一件不幸事故的發生，幾乎改變整個事件的進程。泰戈爾的兒子後來回憶到，他們提著父親的一個書包，裡面裝著英文《吉檀迦利》的手稿和一些書信。在乘坐從查林卡洛斯到魯塞爾廣場的地鐵時，他們把書包遺落在車廂裡了。翌日清晨，當泰戈爾向他們索取書包時，才發現了這個重大的失誤。萬幸的是，他們事後在失物招領處找回了它，於是，便拜訪英國友人羅森斯坦。

　　在印度時，泰戈爾已經認識了英國畫家威廉·羅森斯坦，他是自己的畫家侄兒阿班尼德拉納特·泰戈爾的一位英國朋友，他知道羅森斯坦喜愛自己的詩歌，所以抵達倫敦後，便直奔羅森斯坦的住處，把載有自己英譯的這個詩集手稿交給了他。最終由後者帶入了倫敦那些高級的文學圈子。

　　「那天傍晚，」羅森斯坦寫道，「我讀了那些詩，感到這是一種嶄新類型的詩，是神祕主義最高水準的偉大詩作。當我把那些詩歌給愛德魯·布萊德雷看時，他同意我的觀點：『看來，一位偉大的詩人終於來到了我們之中。』我也通知了葉慈。起初，他並沒有作積極回應，但當我再次寫信給他時，他讓我把

一些詩作寄給他，他讀了那些詩後，也與我們一樣地
興奮。他趕到了倫敦，仔細地閱讀了全部的詩歌。」

據葉慈的回憶，這份手稿有一段時日，自己是隨
身攜帶的，他說：

這些詩歌的譯稿，我隨身攜帶了好一些日子，我
在火車裡面讀它，在公共汽車中，或者餐館裡面
讀它。我時常不得不把它合上，以免陌生人看到
我那種受感動的樣子。這些抒情詩篇——據我那
些印度的朋友告訴我，其孟加拉原文是充滿了微
妙的節奏，充滿著任何別的語言無法翻譯與傳遞
的輕柔色彩，還充滿著詩韻與格律的新發明。這
些詩歌顯示了我畢生夢寐以求的境界。

於是，借著葉慈的推崇，更是在倫敦的文學圈子
內，引發了爆炸一般的影響，人們似乎是相信了詩歌
之神親自化身降世了。熟悉詩稿的龐德說，「詩篇中
的這種深邃的寧靜的精神，壓倒了一切。我們突然發
現了自己嶄新的希臘……當我向泰戈爾先生告辭時，
我確實有那麼一種感覺：我好像是一個手持石棒、身
披獸皮的野人。」後來成為泰戈爾終生摯友的安德魯

斯這樣記述他聽到葉慈誦詩時的感受：「充滿著這種樸素英語的回聲的聲浪，像孩童優美的聲音，完全懾服了我。我在深夜裡，在袒露的天空下，一直躑躅到東方之吐白。」總之，此等崇奉的消息，在英語世界裡很快傳揚開來。

最後，泰戈爾便被以詩人斯塔傑・莫爾為首的「英聯邦皇家文學學會」提名為一九一三年諾貝爾文學獎的候選人，推薦給瑞典斯德哥爾摩的皇家學院。

在一本舊式的書籍裡，我看到過這封推薦信的內容，是莫爾寫給瑞典皇家學院「諾貝爾獎委員會」的存檔，信中如是說道：

主席先生：

作為英聯邦皇家文學學會的成員，我榮幸地向你們推薦羅賓德拉納特・泰戈爾。他是我認為授予諾貝爾文學獎最為合適的人選。

斯塔傑・莫爾

於是，我們所知道的後面的那些事情，便逐一發生了。

6

彼時，拿到那個手稿不久，羅森斯坦便向英國的
「印度學會」負責人建議，認為它們應該為泰戈爾出
版這份手稿。而葉慈也同意為該詩集寫序一篇。這
樣，《吉檀迦利》英文本第一版的七百五十冊就這樣
在倫敦問世，然而，僅二百五十冊供市場銷售與流
通。故而又在羅森斯坦的堅持之下，麥克米倫公司再
次出版了普及本，此事發生在一九一三年宣布諾貝爾
文學獎之前。

當時，出版一位不知名的印度人的作品無疑得承
擔相當的風險，出版者必然要提出一些要求。「稍微
猶豫了一下，最後，麥克米倫出版了羅賓德拉納特的
全部作品，出版商和詩人均沾溉獲益。」為此，麥克
米倫公司的業務得到了巨大的回報，泰戈爾的系列作
品以及他的自傳，還有後來他父親的自傳，亦由之在
歐洲先後問世，備受歡迎。所以，泰戈爾把《吉檀迦
利》這一詩集，獻給友人羅森斯坦的友誼，無疑是適
宜的。

有意思的是，後來在英國和在印度，為數不少的
評論家卻有些懷疑：從來未曾用英文創作或出版過任

何著作的泰戈爾，其英語竟然會如此漂亮！他們便把
《吉檀迦利》的成功，歸因於英語詩人葉慈，認為在
他把手稿藏於其身之際，或是重寫了這些詩歌，或是
進行了徹底的修改。這種猜測當時在一些地方廣為流
傳。

　　所以，那一個手稿，在我們看來非但甚是關鍵，
又如此神祕。而我，這次在寂鄉，就在加爾各答的北
郊，發現了舊跡斑斑的手稿印刷本。

　　我從那家舊書店出來時，起初還以為這只是一般
的泰戈爾詩歌手稿，直至我回至賓館，一經打開，才
真是喜出望外，我手中所拿著的，正是那個神祕手稿
的原件複本。而且因內文一仍舊貌，幾無修改，也再
次證明了這本詩集確是詩人泰戈爾的原創無疑，頗印
證了羅森斯坦的話：

　　　我知道，在印度有一種說法，認為《吉檀迦利》
　　的成功主要應歸功於葉慈，他改寫了羅賓德拉納
　　特的英文本。可以很容易證明，這種說法是錯誤
　　的。英文和孟加拉文《吉檀迦利》的原始手稿都
　　由我保存著。葉慈是做了一些修改，但主要的內
　　容，均出自羅賓德拉納特的手筆。

7

　　但究竟是什麼原因促使了當年瑞典的諾貝爾獎委員會最後把這頂榮譽的桂冠，頒給了這位名不見經傳的孟加拉詩人呢？ 那一年的文學獎競爭非常激烈，獲提名的主要作家有二十八人，其中有英國的名作家哈代，西班牙的加爾多斯，有義大利、瑞士、丹麥、芬蘭、瑞典、比利時、法國、德國等國卓爾不群的傑出候選人。

　　皇家學會的成員斯塔傑·莫爾爵士雖然提出了最初的建議，然而委員會的主席團還是不免有些猶疑，該《吉檀迦利》中，有多少是泰戈爾自己的創作，又有多少是以「作為古典印度詩歌的仿作」而存在，殊無把握。後來在一九一六年獲得諾貝爾文學獎的瑞典詩人維爾納·馮·海登斯坦寫道：「正如選擇歌德的詩歌，可以說服我們歌德的偉大，即使我們不熟悉他的其他作品。所以，我們可以十分肯定地說，這些詩歌，被泰戈爾寫出，這個夏天它們到了我們手中，而通過對它們的閱讀，我們已經認識了我們自己這個時代最偉大的詩人了。」這也許是當時最有決定性的意見。據說，諾貝爾獎委員會中，有一位學者是通曉孟

加拉文的，他閱讀了孟加拉原文，深加激賞，甚至認為遠勝英文譯本的《吉檀迦利》。結果，在公正地審查時，以十三票中的十二票，肯定了泰戈爾的卓越成就，而榮獲一九一三年的諾貝爾文學獎。

至於《吉檀迦利》這個詩集名字，其意義為「獻歌」。為什麼命之以「歌」，而不是「詩」呢？這一關鍵，泰戈爾自己確實是有著很深的生命經驗在裡頭的，譬如，他曾如此提到自己在寂鄉關於《吉檀迦利》一書的書寫過程：

> 歌曲並不是為少年的心靈而特別創作的，而是一個詩人為自己的歡悅而寫作。實際上，我的《吉檀迦利》所表達的詩歌大部分是在這兒寫成的。當詩剛一寫成，還是如鮮花初開的時節，我便把這些詩歌唱給孩子們聽，他們聚在一起，學唱這些詩歌。到了七月，在閒暇時間，在雨季即將來臨的黃昏，在夜晚的月光沐浴下，孩子們就圍坐在露天歡唱這些歌兒。

我想，單就「歌」與「詩」的區別而論，以歌（song）命名，更屬於人類的共同體，近乎永恆；而

以詩（poem）命名，則只是屬於小範圍的階層，行猶不遠。作為深諳存在界的萬物同倫、人類一體的神祕經驗的詩人，泰戈爾所追求的，正是彼種普遍的、永恆的、無限同情共感的生命精神，無論是就其文學，還是就其教育言，皆是如此。詩人葉慈曾把泰戈爾比作英國詩人喬叟與那些民間先輩，他們為自己的作品譜曲，流行於通邑大都、廣遠河海：

隨著時間的流逝，旅人們在大路上、舟子們在河岸邊，他們皆會詠誦與歌唱著這些詩篇，戀人們在彼此等待的間隙，也會低首吟唱，並且會發現，這裡面那種對上帝的愛是一個神奇的海灣，因為他們自己痛苦的激情居然可以沐浴其中，而重放青春的生氣。

在每一個時刻，這位詩人的心會向這些人打開，並且毫無自貶身價、折節下交之意，因為這些人會理解它，因為它的裡面充滿了他們自己的各種生活情境。

正因如此，泰翁在孟加拉，甚至整個印度都是廣

受崇拜，《吉檀迦利》裡面最初的孟加拉詩歌都是可以演唱的，然而現在，它居然以另外一種語言，即英語進行重新表達時，依然能夠神足氣圓、形神兼備，則實屬不易。

　　而這一切成就的獲得，除了詩人的卓越天資，詩人思想的深邃蘊藉外，我們或許不可忘記是寂鄉這個田園與森林遍布的和平之地，曾給予了詩人重要的靈感。

　　一九四一年五月，詩人病體衰微，只好告別了寂鄉，告別他晚年最是苦心經營的印度國際大學，這傳遞世界和平與人類大同夢想的地方。詩翁逝世之後，哲人方東美先生曾有寫詩專門紀念泰戈爾，他頗是敏銳地指出，泰戈爾所受的詩的天啟，與寂鄉的林藪蓊鬱之自然環境關係甚密，故詩句云：「東方道種智，證得依林藪。」

　　我們知道，羅賓德拉納特・泰戈爾不但是一位詩人，同時還是一位靠近精神聖域的社會行動家。在五天竺的漫遊途中，我曾遇見過無數的人們，不分僧

俗，對他一律充滿敬重，甘地譽之為「聖師」實在並無誇張，當之而無愧。在印度的文化裡面，最完美的人一生都當致力於兩個使命：第一，自我證悟；第二，服務社會。沒有前者，後者是盲人；沒有後者，前者是瘸子。就泰戈爾而論，所謂「自我證悟」，就是一位生命的歌者，即詩人泰戈爾的誕生；所謂「服務社會」，即社會與文化的行動者，或教育家泰戈爾的誕生。

為了讓廣大讀者對《吉檀迦利》以及泰翁的詩歌與生命思想有一些較深入的了解，本譯本收錄了幾篇不同譯本裡面對該詩集的各種導論性質的精選摘錄，希望能夠給讀者對詩人、尤其是他的《吉檀迦利》有一種相對確切的認知與感覺，以明白他首次登上人類文明的國際舞臺所造成的巨大衝擊。

9

尚需說明的是，我個人雖對該詩集情有獨鍾，二十年的閱讀史，堪是我最上心喜的詩歌集。然畢竟天賦所限，此新譯之文字功力多有未逮，而泰翁所給出的精美妙義確實深不可測，這是最高的「詩的哲

學」，它透過了生死難關，光輝熠熠。故即便黽勉自期，求譯辭之博洽，然可商可議處必是不少，還望方家指正。此處，我想還是用泰戈爾自己的話語來結束此篇後記，讓詩歌的香氣縈繞、舞動，令百年之後的我們，也是滿心歡喜，滿身清香：

> 你是什麼人，我的讀者，百年之後讀著我的詩？我無法從春天的財富裡送你一朵花，也不能從天邊的雲彩裡贈你一片金色的雲霞。

> 請打開門來四望吧。從你群花盛開的花園裡，採集百年前消逝了的花兒的芬芳記憶。在你心靈的歡樂裡，願你又感覺到一個春晨吟唱的活的歡樂，正把它自己的妙音聲，傳過了一百年的時光。

中英譯名對照————
※ 譯名以文中出現順序排列

本書序　一九一三年的諾貝爾文學獎頒獎詞

哈拉德‧雅恩 Harald Hjärne

英屬印度 Anglo-Indian

阿爾弗雷德‧諾貝爾 Alfred Bernhard Nobel

《園丁集》 *Gardener, Lyrics of Love and Life*

《孟加拉生活的一瞥》 *Glimpses of Bengal Life*

《新月集》 *The Crescent Moon*

《人生的親證》*Sadhana: The Realisation of Life*

凱里 William Carey

梵社 Brahmo Samaj

宗教歷史大會 Religious History Congress

巴克蒂 bhakti

附錄二　葉慈於一九一二年英文譯本序

馬哈拉什 Maharishi

葛貢德拉納特‧泰戈爾 Gogonendranath Tagore

阿班尼德拉納特‧泰戈爾 Abanindranath Tagore

德維金德拉納特‧泰戈爾 Dwijendranath Tagore

《特洛伊羅斯與克瑞西達》 *Troilus and Cressida*

羅塞蒂 Rossetti

聖伯爾納鐸 St. Bernard

A. 肯佩斯 A.Kempis

聖十字若望 John of the Cross

崔斯坦 Tristan

佩里諾爾 Pelanore

威廉‧巴特勒‧葉慈 William Butler Yeats

附錄三　紀德於一九一四年法文譯本序

保羅‧德‧聖維克多 Paul de Saint-Victor

《祭餘》 Naibedya

《渡口》 Kheya

《摩訶婆羅多》 Mahabharata

《羅摩衍那》 Ramayana

坎諾‧施密特 Charoine Schmidt

《梨俱吠陀》 Rig Veda

〈返鄉〉 Heimkehr

〈抒情間奏曲〉 Lyrisches Intermezzo

《歌集》 Buch der Lieder

帕斯卡 Blaise Pascal

泛神論 quasi-pantheist

摩耶 Maya

亞瑟‧叔本華 Arthur Schopenhauer

眾生之主 Projapati

譯者後記

施特凡‧格奧爾格 Stefan George

斯德哥爾摩大酒店 Grand Hotel Stockholm

奧斯瓦爾德‧斯賓格勒 Oswald Arnold Gottfried Spengler

大仙 Maharaj

阿維傑特 Avijit Banerjee

庫拜河 Kopai River

斯塔傑‧莫爾 T.Sturge Moore

湯姆斯‧哈代 Thomas Hardy

貝尼托‧佩雷斯‧加爾多斯 Benito Perez Galdos

維爾納‧馮‧海登斯坦 Verner von Heidenstam

傑弗里‧喬叟 Geoffrey Chaucer

i 藏詩 01　**吉檀迦利**　　　　　　　　　GITANJALI

作　　　者	羅賓德拉納特·泰戈爾
譯　　　者	聞中
封面設計	莊謹銘　**版型設計** C.H.SI　**內文排版** 游淑萍
副總編輯	林獻瑞　**責任編輯** 李岱樺　**印務經理** 黃禮賢
社　　　長	郭重興　**發行人兼出版總監** 曾大福
出 版 者	遠足文化事業股份有限公司 好人出版
	新北市新店區民權路108之2號9樓
	電話 02-2218-1417#1260　傳真 02-8667-1065
發　　　行	遠足文化事業股份有限公司
	新北市新店區民權路108之2號9樓
	電話 02-2218-1417　傳真 02-8667-1065
	電子信箱 service@bookrep.com.tw　網址 http://www.bookrep.com.tw
郵政劃撥	19504465　遠足文化事業股份有限公司
法律顧問	華洋法律事務所　蘇文生律師
印　　　製	凱林彩印股份有限公司　電話 02-2796-3576

初版 2022年2月23日　定價 480元
ISBN 978-626-95330-8-4

版權所有·翻印必究（缺頁或破損請寄回更換）

國家圖書館出版品預行編目資料

吉檀迦利/羅賓德拉納特·泰戈爾作;聞中譯. --初版.--
新北市 : 遠足文化事業股份有限公司好人出版 :
遠足文化事業股份有限公司發行, 2022.02
368面；　14.8 X 21公分. -- (i藏詩 ; 01)
譯自 : Gitanjali.
ISBN 978-626-95330-8-4(精裝)

867.51　　　　　　　　　　　　111001140

讀者回函QR Code
期待知道您的想法

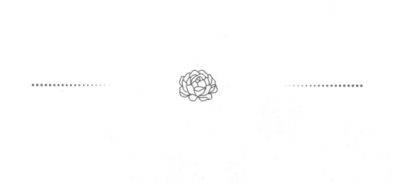